Prix du Meilleur Polar des lecteurs de POINTS

Les éditions POINTS organisent chaque année le Prix du Meilleur Polar des lecteurs de Points.

Pour connaître les lauréats passés et les candidats à venir, rendez-vous sur

www.prixdumeilleurpolar.com

SÉLECTION 2013
PRIX DU MEILLEUR POLAR
des lecteurs de POINTS

Spécialiste mondialement reconnu des tueurs en série, Stéphane Bourgoin a été conférencier à l'école de la Gendarmerie nationale. Il est l'auteur d'une vingtaine d'ouvrages, parmi lesquels *Le Livre noir des serial killers*, *Profileuse. Une femme sur la trace des serial killers* et *Tueurs*, et d'une soixantaine de documentaires télévisés sur les serial killers.

Stéphane Bourgoin

MES CONVERSATIONS AVEC LES TUEURS

Bernard Grasset

TEXTE INTÉGRAL

photographies in-texte : © Stéphane Bourgoin, Isabelle Longuet

ISBN 978-2-7578-3358-2
(ISBN 978-2-246-79824-8, 1re publication)

Sommaire

Stéphane Bourgoin devant l'entrée de la prison de Warren, à Lebanon, dans l'Ohio.

Avant-propos

Cela fait plus de trente ans que j'interroge des serial killers. J'ai rencontré plus de soixante-dix de ces tueurs et tueuses multirécidivistes aux quatre coins de la planète. Et j'ai étudié les cas de milliers d'autres criminels. Au fil des ans, j'ai accumulé une énorme documentation, ouvrages de criminologie, journaux de faits divers, archives de police, photos et vidéos de scènes de crime, confessions, dessins et écrits de tueurs, à tel point que ma cave s'est petit à petit transformée en « caverne des horreurs ». Je possède des centaines d'heures d'enregistrement de leurs interrogatoires qui m'aident à mieux cerner leurs personnalités.

Pourquoi est-il indispensable de rencontrer ces criminels ? À la différence des autres assassins, leurs mobiles restent mystérieux. Plus de 80 % des homicides à travers le monde sont commis au sein de la cellule familiale et le motif du forfait est très vite identifié par les enquêteurs. Pour tout un chacun, l'endroit le plus dangereux n'est pas un parking isolé la nuit ou la sortie de discothèque à quatre heures du matin, mais le lieu de résidence. Par contre, le serial killer masculin et sa victime ne se connaissent pas, d'où la difficulté pour les policiers de résoudre ce type d'affaires surtout s'il n'y a pas d'éléments matériels comme l'ADN et des empreintes digitales. Ainsi, il a fallu vingt-deux ans pour capturer le « Coast to Coast Killer » Tommy Lynn Sells qui a mené une vie d'errance à travers les États-Unis sans jamais laisser de traces derrière lui : pas de témoins vivants, pas de carte bleue ni de chèques. Il était devenu un tueur « invisible ». Ce mobile, il faut aller le chercher au cœur des fantasmes du tueur, d'où l'intérêt de les rencontrer pour les comprendre. Cette meilleure connaissance des serial killers a permis au FBI d'élaborer une base de données informatique, le VICAP, pour rapprocher les crimes entre eux. Depuis, le Canada a amélioré le système avec le VICLAS qui est en fonction dans la plupart des pays européens ; en France, nous avons le SALVAC qui est commun aux services de police et de gendarmerie. Voilà pourquoi je continue d'interroger ces criminels depuis 1979.

Dans tous mes ouvrages parus depuis la fin des années 1980, j'ai toujours présenté les portraits de tueurs, leurs interrogatoires et le récit des enquêtes de manière distancée, sans porter le moindre jugement ni faire part de mon ressenti. Avec *Mes conversations avec les tueurs*, je désire vous faire partager l'envers du décor, ce sont en quelque sorte les « coulisses » de mes précédents livres. Vous montrer les épreuves physiques des changements d'avion quotidiens, des moments d'angoisse qui précèdent les entretiens, des formalités inhérentes à ce type d'activité, la tension et le stress des confrontations, la peur, parfois. Plus de vingt ans après, mon corps se souvient encore de la terreur qui s'est emparée de moi lors de ma rencontre avec Gerard Schaefer, un ex-policier accusé du meurtre de trente-quatre femmes en Floride. Dès l'instant où je me suis trouvé face à lui, j'ai eu le sentiment d'être confronté au Mal absolu. Un souvenir qui me hante en permanence. Affronter ces individus peut être dangereux d'un point de vue psychique. Pour les faire parler, il faut baisser sa garde, s'ouvrir complètement à un psychopathe manipulateur, menteur et dénué du moindre scrupule. S'il sent que vous êtes sur la défensive, le tueur ne va pas vous parler.

Faire du tourisme aux USA, c'est une chose. Y aller pour interroger des serial killers, c'est une autre histoire, que je me propose de vous résumer dans ce livre. Au fil des ans, vous avez été nombreux à me demander « comment c'était », quelle impression cela me fait d'être face à face avec des tueurs. Certains peuvent se montrer agressifs, je pense notamment à Joseph Baldi dans la prison de Sing Sing dont vous pourrez lire le compte-rendu du face-à-face. Et, pour mieux vous faire partager les coulisses de mon travail, j'ai souhaité que *Mes conversations avec les tueurs* soit enrichi de photos prises lors de mes voyages, qu'il s'agisse des prisons, des scènes de crime, des policiers, des éléments de preuve, mais aussi des trop rares moments de détente.

Je suis préparé, mentalement, à rencontrer des « personnages » plus ou moins hors du commun ; sur ce point-là, je ne reviens jamais bredouille. Mais là où je suis souvent surpris, c'est lorsque je me demande à mon retour à Paris si ces voyages ont réellement existé. Oui, ils sont bien réels. Et incroyables.

Avec ce récit, vous aurez un aperçu extrêmement intéressant de l'abysse effroyable qui loge au fond de certains d'entre nous – une petit minorité, fort heureusement. Les États-Unis, qui naguère – il y a encore une dizaine d'années – offraient une formidable opportunité en matière d'étude des tueurs en série en ouvrant facilement leurs portes, se font aujourd'hui prier : Internet est passé par là. Les détenus purgeant de longues peines, voire des peines infinies, ou se trouvant dans les couloirs de la mort, les fameux « death rows », ô combien nombreux dans des États qui brillent par leur ultra-conservatisme comme le Texas, ces détenus font désormais l'objet de cybersollicitations incessantes de la part d'une foule de gens « curieux », étudiants, journalistes, femmes en mal d'émotions fortes ou de célébrité... Il n'en reste pas moins que ce type d'étude, qui reste possible aux États-Unis, est encore inimaginable en France. Mais quelques bonnes volontés ont commencé à se mettre en peine de faire ouvrir les portes des cellules françaises à des spécialistes, psychologues ou autres, dont le but est d'éclairer la justice sur les caractéristiques des criminels récidivistes.

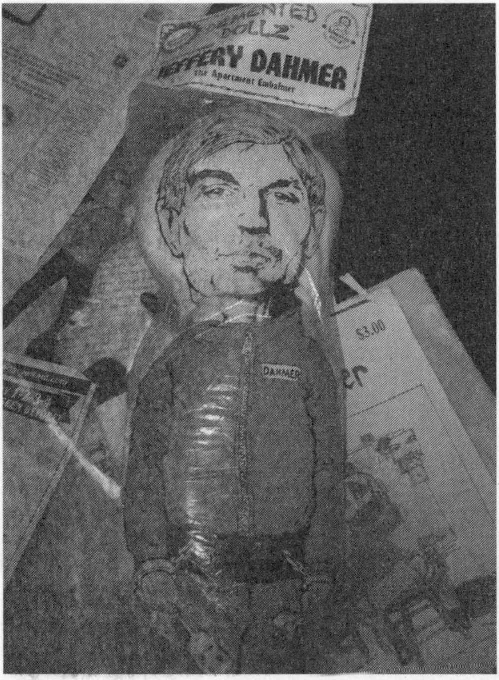

Une poupée à l'effigie de Jeffrey Dahmer,
le « Cannibale de Milwaukee ».

Pour une définition du serial killer

La définition la plus évidente du serial killer consiste à le décrire comme un récidiviste du meurtre. Pendant des mois, parfois des années, il assassine, avec un certain intervalle de temps entre ses crimes. Selon la terminologie du FBI, on parle habituellement de tueur en série lorsque celui-ci commet plus de trois meurtres, avec un mobile d'ordre psychologique, la plupart du temps. Cette question du nombre de victimes « nécessaires » pour être qualifié de serial killer peut prêter à discussion, car un certain nombre de criminels se font arrêter suite à leur premier forfait. Leur inexpérience et l'angoisse qu'ils peuvent ressentir lors du passage à l'acte les poussent, parfois, à commettre des erreurs qui leur sont fatales. Il y a quelques années, dans l'est de la France, Pierre, aidé par un complice, a ainsi tué de manière tout à fait gratuite une jeune étudiante, avant de se faire appréhender. Pierre est dangereusement fasciné par tout ce qui touche aux tueurs en série, au point d'accumuler des ouvrages biographiques sur le sujet (y compris les miens) et de coucher par écrit ses fantasmes meurtriers dans son journal intime, pour y annoncer clairement son intention de devenir le plus grand serial killer français de tous les temps. Influencé par le film *Seven*, Pierre nourrit le projet de donner en cadeau à sa petite amie la tête coupée d'une de ses futures victimes, avant que la police ne mette un terme à son plan. Dans cette affaire, qui n'est pas isolée, il semble évident que l'assassin aurait poursuivi sa série criminelle s'il n'avait pas été appréhendé par les forces de l'ordre.

La spécificité de ce genre d'assassin réside dans cette soif de meurtres qui le différencie du tueur passionnel, lequel ne tue en général qu'une fois, ou même du tueur de masse (« Mass Murderer » aux États-Unis) qui va exécuter en peu de temps un grand nombre de personnes. Les tueurs de masse sont très souvent des malades atteints de psychose, comme on a pu le constater avec la tuerie de Nanterre. Ces « Mass Murderers », à l'image d'un Anders Breivik en Norvège ou d'un Nordine Amrani à Liège, ne se préoccupent pas du tout de sélectionner leurs victimes, au contraire du serial killer. Ils ont connu des antécédents psychiatriques et leur explosion meurtrière s'achève presque toujours par un suicide, lorsqu'ils ne se font pas capturer ; le tueur en série, quant à lui, va chercher à échapper aux forces de l'ordre.

Pour le FBI, ces criminels qui tuent en série, sans mobile évident, le plus souvent guidés par des instincts sexuels ou des besoins psychologiques, se divisent la plupart du temps en deux catégories : les psychopathes ou tueurs organisés qui représentent environ 90 % des serial killers et qui sont conscients de leurs actes ; enfin, les psychotiques ou tueurs désorganisés qui sont une minorité et qui ont très souvent des antécédents psychiatriques.

Pour le tueur en série, la part des fantasmes est capitale, et c'est ce qui différencie réellement le serial killer des autres meurtriers. Ce type de criminel ne développe pas de conscience. D'autres personnes rejettent ce genre de fantasmes grâce à leur conscience. Le serial killer, quant à lui, continue à fantasmer, sans ce garde-fou. Dans l'univers de ses fantasmes, c'est lui qui contrôle la situation, du moins le croit-il.

Lorsqu'un obstacle contrarie son existence, même s'il s'agit d'un fait aussi futile qu'une simple bousculade dans la rue, cet événement menace la fragile image qu'il a de lui-même. Cela provoque un déséquilibre psychologique qu'il a besoin de rétablir, afin de se sentir puissant à nouveau. Certains serial killers m'ont déclaré qu'ils éprouvent une phase de dépression après avoir tué et qu'ils se sentent perdus. Une fois qu'ils ont tué, ils sont rassasiés, mais ils ressentent un vide qu'il faut combler et, en conséquence, il leur faut tuer à nouveau.

Que pouvons-nous dire du serial killer ? Ou plutôt des serial killers, car il convient d'être très méfiant à l'égard des catégorisations trop simplistes : parmi les soixante-dix tueurs que j'ai interrogés au cours de ces trente dernières années, tous diffèrent les uns des autres, même s'ils partagent un certain nombre de paramètres communs. La plupart du temps, c'est un psychopathe sadique sexuel. Beaucoup de ces criminels sont motivés sexuellement, ce qui peut s'expliquer par le fait que dans 85 % des cas, nous avons affaire à des hommes. Il est évident que les hommes et les femmes n'ont pas les mêmes idées sur le sexe. En général, un homme est excité par ce qu'il voit, une femme par ce qu'elle touche. Voilà pourquoi il y a plus de voyeurs et d'hommes qui regardent des films pornographiques. Les crimes sexuels concernent directement l'apparence de la victime et son physique. Si un homme veut dominer une femme, il exige un rapport sexuel avec elle. Si c'est l'inverse, elle refuse d'avoir un rapport sexuel avec l'homme. Si un homme a été abusé sexuellement ou maltraité, il s'attaque à quelqu'un d'autre. Par contre, une femme a tendance à s'en prendre à elle-même et à pratiquer l'automutilation.

En d'autres termes, le tueur en série est quelqu'un de très organisé qui prépare avec soin ses crimes et dont les victimes inconnues sont souvent choisies suivant un type spécifique. Il se rend parfaitement compte de la portée de ses actes et il n'éprouve pas le moindre remords, une caractéristique partagée par la plupart des serial killers que j'ai rencontrés. Au fur et à mesure que progresse leur série meurtrière, ils se croient invulnérables et ils commettent des erreurs qu'ils évitaient précédemment. Ainsi, David Berkowitz, surnommé le « Fils de Sam », qui abat six victimes et en blesse sept autres, à New York entre juillet 1976 et juillet 1977, prépare avec minutie tous ses premiers forfaits. Il repère à de nombreuses reprises, de nuit et en plein jour, les lieux de ses futurs crimes. La nuit tombée, il gare son véhicule à plusieurs kilomètres de l'endroit choisi. S'il y a trop de témoins potentiels, il s'abstient de tuer malgré les pulsions qui le travaillent ; en lieu et place, il se rend à l'endroit d'un de ses crimes précédents pour se masturber là où une de ses victimes est morte.

Mais, petit à petit, Berkowitz se laisse griser au point d'écrire des lettres aux médias qu'il signe le « Fils de Sam ». Il se croit invincible et, la nuit de son ultime forfait, en juillet 1977, il gare sa voiture à quelques centaines de mètres à peine du lieu de son crime et devant une bouche à incendie. Une femme qui promène son chien dans la rue entend un coup de feu et voit un jeune homme courir vers un véhicule qui démarre en trombe. Elle a eu le temps d'apercevoir ce qu'elle pense être une contravention sur le pare-brise. À cause de son stationnement illicite, Berkowitz a écopé d'une amende, sa voiture est bientôt identifiée à partir des souches de contravention et elle fait l'objet d'une surveillance devant son immeuble. Les inspecteurs en planque remarquent le canon d'une arme à feu qui dépasse de la banquette arrière, ainsi que des feuilles manuscrites dont l'écriture ressemble énormément aux messages envoyés par le tueur.

Aux yeux du tueur, la victime n'est rien ou, tout au plus, un objet destiné à satisfaire ses fantasmes. Tuer, torturer ou mutiler lui cause autant de remords que de jeter un mouchoir en papier usagé. Dans sa tête, il a déjà fantasmé et planifié son crime des centaines de fois avant de passer à l'acte.

Chaque serial killer est complètement unique. Prenons les exemples de John Wayne Gacy et de Jeffrey Dahmer, qui ont tous les deux le même type de victimes, des jeunes homosexuels. Ils ont torturé ces hommes, les ont tués, ont commis des actes nécrophiles et gardé les corps qu'ils ont démembrés dans leur maison ou appartement. Nous sommes en présence d'un même choix de victimes, de ruses identiques pour les faire venir chez eux, des mêmes fantasmes, de modes opératoires similaires, en apparence, nous avons affaire à des tueurs semblables. Mais lorsque je rencontre John Wayne Gacy et Jeffrey Dahmer, je suis stupéfait par leur différence de motivations. John Wayne Gacy déteste ses victimes et éprouve de la haine pour eux, il veut les « punir et les annihiler » pour s'être senti guidé par ses pulsions homosexuelles, alors que Jeffrey Dahmer aime ses victimes et désire les garder auprès de lui, car il se sent très seul.

Le tueur en série emporte avec lui un « kit du crime » qu'il a préparé à l'avance. Lorsqu'il éprouve ses pulsions meurtrières et part en « chasse » la nuit venue, Guy Georges emporte un sac à dos qui contient du sparadrap pour bâillonner ses victimes, des liens prédécoupés et son Opinel. Comme la plupart des sadiques sexuels, le serial killer est un homme très mobile, socialement adapté, du moins en apparence, car il est capable de projeter un masque de normalité et de ne pas effaroucher ses victimes, et il contrôle parfaitement le lieu du crime. Cet homme n'a pas d'emploi stable car il est impossible de mener de front un plan de carrière et une telle obsession meurtrière. L'homme est un lâche, incapable du moindre sentiment, il est assez intelligent, au point de manipuler ses victimes et son entourage. Quelquefois, il peut suivre de près les articles parus dans la presse à son sujet. Ce serial killer connaît très bien son « territoire de chasse » et il a intégré les victimes dans ses fantasmes.

Quel est son scénario ? Ce qui compte pour lui, ce n'est pas tant l'acte de tuer, mais la dégradation, l'humiliation, la terreur et le contrôle qu'il exerce sur la victime. Au fur et à mesure de la progression des crimes, son mode opératoire peut évoluer, ainsi que la « signature psychologique » de ses actes. Il va garder des choses qui lui font plaisir et, quelquefois, y ajouter des variantes. Les actes d'un serial killer, s'ils sont répétitifs, sont aussi évolutifs.

L'expérience de ce genre d'individus indique qu'ils ont presque toujours des antécédents criminels ou pénaux, même s'ils ont pu échapper aux mailles du filet. Le serial killer ne démarre jamais de plain-pied une carrière avec un assassinat. Il connaît une lente progression depuis l'enfance qui peut (mais pas toujours), selon les cas, inclure des actes de pyromanie ou de torture envers les animaux ou d'autres enfants, des vols, des violences, des cambriolages, parfois teintés de fétichisme, et des faits de voyeurisme. Dans le cas des serial killers, on est confronté à un paradoxe extraordinaire : ce sont des gens qui souffrent énormément et qui expriment cette immense douleur en infligeant de terribles souffrances à leurs victimes.

On sait que la qualité de l'interaction familiale est un élément majeur dans le développement de l'enfant. Ces tout premiers liens affectifs, ou leur absence, qui surgissent au tout début de l'existence, se gravent dans le cerveau de l'enfant et lui dictent sa perception des situations hors du noyau familial. La plupart des spécialistes reconnaissent que la personnalité d'un individu se forge dans les premières années. Bien que l'abus d'alcool ou de stupéfiants, une situation de stress extrême, telle qu'une séparation sentimentale ou la perte d'un emploi, puissent causer des dégâts ultérieurs, ces premiers pas dans l'existence sont décisifs pour le développement et la structure de la personnalité. Il est exceptionnel que le tueur en série provienne d'un environnement chaleureux et compréhensif.

Dans la majorité des cas, le sujet est un enfant négligé, solitaire ou victime d'abus, qu'ils soient physiques, psychologiques ou sexuels ; il a connu un grand nombre de conflits, sans pour autant avoir su ériger des systèmes de défense adéquats. Mais de nombreux individus sont élevés dans de pareils environnements sans pour autant basculer dans le crime.

Parfois, ces sévices sont imaginaires, soit que le tueur pense avoir été victime de parents abusifs – une tendance à la victimisation que l'on retrouve chez bon nombre de tueurs qui estiment que la société ne les a jamais reconnus à leur juste valeur –, soit qu'il invente de toutes pièces ces abus pour bénéficier de circonstances atténuantes. Pendant la préparation de son procès, le tueur de prostituées Arthur Shawcross a affirmé avoir été sodomisé avec un manche à balai par sa mère lorsqu'il était enfant et « avoir senti le bout remonter jusque dans sa gorge » ! Un tel acte aurait obligatoirement laissé des traces. Pendant les audiences, Shawcross a décrit le traumatisme vécu pendant la guerre du Vietnam où on l'aurait poussé à décapiter des villageoises et à les dévorer, tandis qu'il aurait été contaminé par un nuage du célèbre agent Orange, un défoliant extrêmement toxique. Mais ses états de service indiquent de manière très claire qu'il a toujours stationné à des centaines de kilomètres de toute ligne de front, employé comme magasinier en pièces détachées pour l'armée américaine. Ensuite, il a prétendu sous une séance d'hypnose régressive avoir été possédé par Ariemes, un démon cannibale du XIIIe siècle assoiffé de sang dont il serait la réincarnation ! Inutile de dire qu'aucune des manœuvres d'Arthur Shawcross n'a été couronnée de succès, d'autant que dans des lettres écrites par l'accusé à sa fiancée de l'époque et qui ont été interceptées par la justice, il explique par le détail ses différents mensonges.

Les frustrations, crises d'angoisse et situations de stress, ajoutées à une incapacité chronique à les surmonter, peuvent amener la personne à s'isoler entièrement de la société qu'il perçoit comme une entité hostile. En grandissant, l'enfant va trouver refuge dans une vie fantasmatique qui prend le pas sur la réalité quotidienne. On le décrit souvent comme un rêveur, un solitaire, qui n'a pas d'amis et qui s'exprime peu. À cause de ce processus d'intériorisation, il s'isole de plus en plus, et certains choisissent de se suicider dès l'adolescence plutôt que de mener une existence faite de frustrations. Ce type d'individus possède une pauvre opinion de lui-même et il s'estime victime de la société qui, pense-t-il, l'a rejeté. La plupart du temps, cette personne n'a jamais concrétisé son potentiel. Pendant son adolescence, il est susceptible de s'adonner à des actes de fétichisme ou de voyeurisme, tout en se livrant à une masturbation compulsive, qui masquent son incapacité à avoir des relations sexuelles « normales » avec les femmes.

Plus de 60 % de ces assassins commencent cependant leur existence dans des familles normales, du moins en apparence. C'est-à-dire qu'ils sont élevés par un père et une mère. Si le père a un emploi stable (dans près de 80 % des cas), celui-ci n'est presque jamais d'un niveau élevé. Le père possède un emploi stable et la mère est au foyer. Cependant, l'histoire de ces individus prouve que de nombreux problèmes existent au sein de la structure familiale.

Un peu plus de 40 % des tueurs en série ont eu des criminels dans leur famille. Plus de 50 % ont eu des antécédents psychiatriques dans leur proche entourage familial. Si la structure familiale existe, elle n'est absolument pas solide, car 72 % de ces familles ont connu l'alcoolisme et 60 % ont rencontré de graves difficultés sexuelles. L'alcoolisme et la drogue sont des éléments récurrents dans l'existence de ces serial killers. V., qui a assassiné trois femmes en France, boit beaucoup de bière dès l'âge de 13 ans. À 14 ans, il commet ses premiers vols et devient trafiquant de drogue. L'année suivante, il s'exhibe nu pour la première fois. Son père bat régulièrement son épouse et il viole une de ses filles : « Il me terrorisait », explique V. « Il me disait que j'étais un bon à rien. »

Mythomane au point de prétendre être professeur de français en Irlande, le triple meurtrier d'Angers, Jacques, est connu pour avoir harcelé des jeunes femmes après avoir ingurgité des mélanges d'alcool et de nombreux psychotropes. Quant à l'auteur du quadruple assassinat de Melun (deux adultes et deux enfants), Edgar, il est dépeint par sa première compagne comme « un marginal. Avec lui, je n'ai pas eu une vie très belle. Il n'a jamais eu d'affection pour qui que ce soit. J'étais battue, les coups tombaient quand il était saoul ».

Leur parcours familial est souvent marqué par l'absence du père qui, s'il est présent au moment de leur naissance, abandonne le foyer ou décède avant que le sujet ait atteint l'âge de 12 ans dans 54 % des cas en France contre 47 % aux États-Unis. La mère constitue l'élément dominant pour les trois quarts des tueurs, même s'ils reconnaissent n'éprouver aucun sentiment vis-à-vis d'elle, à l'exception, parfois, d'un antagonisme plus ou moins prononcé. Quant à leur père, ils sont 80 % à affirmer éprouver une totale indifférence à son égard, voire une haine farouche. Aux yeux de Louis, un tueur en série français de femmes âgées, l'attitude de ses parents a conditionné sa future existence : « Le vieux il tapait tout le temps, c'est tout. Pour un oui ou pour un non. Et la vieille, elle disait rien. Elle laissait faire. À mon avis, en sortant de prison, j'aurais peut-être dû les tuer eux, ça m'aurait peut-être soulagé. Je sais pas. Quand je suis sorti de prison, j'ai été voir ma frangine et on est allés les voir parce qu'elle m'a demandé à y aller, et ma mère tout ce qu'elle a su dire, c'est : "Touche pas à ton père, j'en ai encore besoin pendant trois ans, avant la retraite !" Rien que de les voir, j'avais la haine en repensant à tout ce qui s'était passé avant. Peut-être que s'ils étaient morts pendant mon incarcération, peut-être que toute ma haine serait partie. Pendant dix ans, pendant que j'étais enfermé, je les ai jamais vus. Ma mère, elle est venue trois fois à la maison d'arrêt. Elle m'a jamais demandé comment ça allait. Une seule fois, elle m'a dit : "T'as besoin de chaussettes ?" Parce que j'étais venu sans. Elle s'est jamais inquiétée de mon sort. Depuis ce jour-là, je l'ai plus revue au parloir. Je l'ai collée contre le mur et je lui ai dit : "Si t'as besoin de chaussettes, tu te casses et tu me fous la paix !" »

Cet environnement mental déficient n'est pas compensé par un modèle, un frère ou une sœur aînés, puisque la grande majorité de ces tueurs sont enfants uniques, ou les plus âgés ; de la même manière, leur parcours scolaire chaotique leur fait, soit redoubler des classes, soit changer d'établissement, ce qui ne facilite pas la création de liens d'amitié avec d'autres élèves. De façon typique, le futur tueur en série est dépeint comme un être rêveur, isolé, taciturne et ne se mêlant jamais aux autres.

Ces parents sont trop occupés par leurs problèmes sexuels, l'abus d'alcool ou de drogue et de fréquentes disputes pour se consacrer à leur progéniture. En l'absence de structures, de guide parental ou d'une quelconque direction, ces parents ne présentent qu'un modèle de comportement déviant.

Quand on étudie le développement individuel des tueurs en série, on est frappé par l'émergence de deux facteurs : l'existence d'une vie fantasmatique et la permanence d'un abus durant leur enfance, qu'il soit psychologique, physique ou sexuel. Pour ces individus, cette vie fantasmatique basée sur des pensées agressives et un rituel qui mêle la mort au sexe est plus importante que la vie réelle. Fort heureusement, tous les enfants ne réagissent pas à leur environnement par des fantasmes de nature violente. Et ceux qui les vivent ne commettent pas tous des crimes.

Au cours de mes entretiens avec les tueurs en série, j'ai remarqué qu'ils n'ont pas souvenir d'avoir eu des fantasmes positifs pendant leur enfance. Une bonne moitié d'entre eux soulignent que des idées de viol les occupent déjà avant l'âge de 18 ans, et près d'un quart de ces criminels ont réalisé ce fantasme dans l'année qui suit.

Dès lors on commence à mieux saisir le parcours criminel du tueur en série, à partir des insatisfactions de sa vie en famille qui le poussent à se réfugier dans un univers imaginaire et violent où il est enfin le maître. Le contrôle de ce monde rêvé devient un enjeu vital aux yeux de l'enfant, puis de l'adulte. Ce ne sont pas les fantasmes d'évasion vers un monde meilleur que l'on rencontre souvent chez des enfants qui récupèrent d'un traitement abusif. Leur énergie est canalisée vers des fantasmes d'agression et de domination, suggérant une projection répétitive de leur propre abus et une identification avec l'agresseur.

Pour ces individus constamment en proie à leurs obsessions, il est difficile, pour ne pas dire impossible, de s'ancrer dans la vie réelle. De manière typique, ils se révèlent d'une médiocrité affligeante dans leurs résultats scolaires ou universitaires. Ainsi, Patrick, l'assassin de la petite Karine et de deux autres femmes, explique lors de son procès l'ambiance de sa scolarité : « Le maître me traitait de porc, de feignant. Quand je faisais des taches d'encre, des "pâtés", il m'accrochait mon cahier dans le dos et me faisait défiler dans les classes. » Il en est de même pour les relations de ces criminels avec leur entourage, leurs performances au service militaire et dans leurs tentatives de travailler. Dans tous les domaines de l'existence, ils n'ont jamais pu atteindre leur potentiel. Ils sont incapables de garder un emploi et survivent grâce à une succession de petits boulots.

Nombre de ces tueurs mènent une vie d'errance, quand ils ne sont pas tout simplement marginalisés. Plus d'un tiers de ces serial killers admettent ne pas avoir eu de relations « normales » avant leur passage à l'acte meurtrier. Francis Heaulme est toujours vierge à l'heure actuelle et Gérard, l'assassin de la petite Delphine, qui souffre d'un phimosis non soigné (la peau du prépuce, trop serrée, empêche le gland d'entrer en érection, ce qui se guérit, la plupart du temps, par une circoncision) est incapable de vivre une quelconque relation sexuelle, au point de se réfugier dans des fantasmes de nature pédophile, comme il l'indique dans un de ses écrits : « Madame, lisez bien ce mot car ce soir je vais étrangler une femme. Je déteste les femmes et les filles. Alors, ce soir, les slips vont danser. » Citons le cas d'Alphonse, né en 1924. Le 24 août 1969, il poignarde à dix-sept reprises les petites Agnès et Odile L. à Crespin, près de Valenciennes. Élevé par un père violent qui le considère comme un incapable et qui lui interdit de conduire le tracteur de la ferme, Alphonse est cantonné à effectuer des tâches obscures, comme de garder les moutons. De nature taciturne, il est toujours vierge lorsque son père le marie d'office à l'âge de 30 ans avec une voisine qu'il n'a jamais rencontrée. De leur union naissent cinq enfants non désirés. Après la naissance du dernier enfant, en juillet 1968, son épouse refuse tout rapport sexuel. « Toutes les femmes m'en veulent », explique-t-il. Du coup, Alphonse passe son temps à épier à la jumelle les jeunes femmes des alentours. Entre les mois de juin et d'août 1969, il tente d'agresser huit fillettes avec une arme blanche.

L'immense majorité des tueurs en série sont des menteurs invétérés depuis leur plus jeune âge. Isolés, marginalisés dans l'existence, ils se réfugient dans l'imaginaire pour se construire une personnalité, loin de la médiocre réalité de leur existence. Ainsi Alfred Peugnez, le double assassin de Charenton en 1898, affirme haut et fort : « Je suis très dévoué pour mes semblables » [et je mérite une médaille] car j'ai plusieurs actes de dévouement ». Dans ses mémoires écrits en prison, Peugnez se glorifie à plusieurs reprises dans des récits qualifiés de « fantaisistes » par les autorités policières et judiciaires de l'époque. Pour Henri Vidal que les professeurs Boyer et Rebatel ont longuement examiné en 1902, en compagnie du célèbre criminologue, le docteur Lacassagne, leur rapport intitulé sobrement « Vidal, le tueur de femmes » démontre l'intelligence médiocre et en dessous de la moyenne de l'individu. Pourtant celui-ci indique dans ses écrits qu'il est l'inventeur d'un système révolutionnaire pour gouverner les dirigeables : « Comme depuis quelques années je poursuis avec acharnement un problème sur la direction des ballons, je ne manquais pas de lire tous livres ou journaux se rattachant, de près ou de loin, à la question. Ce problème ainsi m'a beaucoup tourmenté et m'a fait passer de nombreuses nuits dans les calculs. » De la même façon, il tente de diminuer sa responsabilité pénale par de longues explications où il impute ses instincts meurtriers à son séjour au Soudan qui lui a donné l'habitude de l'absinthe. Vidal se pose constamment en victime et exagère les problèmes qu'il a pu rencontrer. Il raconte ainsi avoir eu à la jambe, à la suite d'une piqûre de guêpe, une plaie si effroyable que les chairs sont tombées en putréfaction. Comme le constate le rapport médical des docteurs Boyer, Rebatel et Lacassagne, « on ne trouve pas sur la peau de cette région la moindre cicatrice pouvant témoigner d'une lésion aussi grave. »

Quant à Émile Louis, le personnage central des disparues de l'Yonne, il prétend avoir assisté à de nombreux combats lors de la guerre d'Indochine, alors qu'il ne fait que transporter les corps de militaires tués. Il explique avoir été traumatisé par les nombreuses scènes de torture auxquelles il aurait assisté.

Assassin de la petite Delphine, Gérard se présente ainsi lors de son procès : « Je m'appelle Gérard. J'ai 30 ans. Je suis second de cuisine. J'aurais pu connaître une meilleure enfance. » Le père couche avec ses filles. La mère avec les copains de classe de son fils. Les frères avec leurs sœurs ou leurs propres filles. Gérard avec sa sœur et une petite nièce de 7 ans. Il suit une vie d'errance avec sa mère lorsque celle-ci quitte le foyer familial. Il passe son existence d'une chambre d'hôtel à une autre, sans jamais aller à l'école. À 14 ans, il est placé dans un foyer. Il découvre les salles de classe, mais c'est déjà trop tard. Craintif et solitaire, il est considéré comme lent d'esprit. À 23 ans, il fait une tentative de suicide en absorbant des cachets : « À cause de ce qui s'était passé avec ma petite nièce, et puis j'en avais marre. Je n'avais pas de boulot. » Lorsqu'on le découvre sans connaissance sur son lit, il y a partout des photographies de petites filles. Immature, Gérard est réformé lors de son service militaire pour troubles psychologiques. Le centre de formation professionnelle ne veut pas de lui non plus car, à la moindre émotion, il « fait dans sa culotte ».

Le serial killer apparaît donc comme très manipulateur dans l'ensemble. Aux yeux de Louis, déjà condamné pour de multiples viols, mis en examen pour quatre assassinats et dont l'un des procès s'est déroulé en septembre 2002, ses pulsions meurtrières s'expliquent ainsi : « ça vient comme ça. Y a un énervement qui monte à un certain niveau et puis après, ça part. Je peux pas l'expliquer. Il y a un disjonctement et je claque. C'est tout. Ces personnes m'ont énervé. C'est sûr que ça aurait jamais dû arriver à ce niveau-là. J'aurais jamais dû arriver à ce point-là, quitte à aller en prison avant. Je réfléchis pas à ce moment-là. Dès qu'un truc m'énerve, je m'emporte. C'est pas que j'arrive pas à me maîtriser, mais quelquefois il y a un truc qui dépasse mon entendement. Y a un moment, ça disjoncte, je sais pas. Plutôt que de taper sur un gamin ou elle, je me fais du mal à moi-même. Pour me calmer. »

Beaucoup de serial killers avouent leur amour, littéralement sexuel, pour le feu. Peter Kürten, le célèbre « Vampire de Düsseldorf », déclare ainsi au psychiatre qui l'interroge suite à son arrestation : « Dès mon plus jeune âge, j'ai toujours aimé allumer des incendies. J'ai commis ces actes pour la même raison que tout le reste – mes tendances sadiques. J'avais du plaisir en voyant les lueurs du feu et les cris des personnes qui demandaient de l'aide. C'était une telle excitation que j'en retirais toujours un orgasme très violent. Je me rappelle le jour et l'heure du moindre de mes incendies. Mais je n'avais jamais l'intention de brûler des gens lorsque j'allumais ces feux. Par contre, pendant le feu, je dois avouer que le fait qu'il puisse y avoir des êtres humains brûlés ajoutait encore aux sensations que j'éprouvais. J'assistais toujours à ces incendies, au point que certains spectateurs me demandèrent même de les aider pour les éteindre. Sinon, je me mêlais à la foule des badauds. Les cris des gens et la lueur des flammes me causaient une grande excitation. Les flammes les plus hautes entraînaient toujours une éjaculation. S'il m'arrivait d'allumer plusieurs incendies dans une même soirée, c'est parce que le premier ou le second ne me satisfaisait pas. J'avais aussi une éjaculation lorsque je mettais le feu à une forêt. La vue était magnifique quand un pin après l'autre se consumait dans les flammes attisées par le vent d'est... une vraie merveille. »

Lorsque je rencontre le « Fils de Sam » David Berkowitz, responsable du meurtre de six personnes entre 1976 et 1977, il insiste pour me montrer des gros cahiers qu'il range dans un coin de sa cellule. Ils contiennent par ordre chronologique la relation des centaines d'incendies qu'il a allumés un peu partout dans divers quartiers de New York et les coupures de presse sont découpées avec soin. Quant au tueur cannibale Ottis Toole que j'interroge dans le pénitencier de Starke en Floride, il reconnaît : « Le feu et le sexe en même temps, ça me fait sacrément bander. Vous savez, j'adore vraiment les feux. Ils me font quelque chose, c'est comme un shoot. Je me sens détendu. Je les adore, surtout quand les flammes sont hautes de trois étages... ça me fait bander... ça m'excite. »

Une majorité des serial killers ne ressentent aucune haine vis-à-vis de leurs victimes, mais ce sont souvent des individus qui parviennent à grand-peine à maîtriser des accès de rage ou de colère. Dans ses mémoires écrits en prison en 1902, le tueur de femmes Henri Vidal explique ses crises de fureur : « On entend toujours crier à la maison et j'en étais arrivé à un point où ces cris produisaient sur moi une telle impression, que je ne pouvais plus les entendre. Le moindre cri m'effrayait, je ne savais plus ce que je faisais ensuite. C'est de là sans doute que m'est venue cette irritabilité d'humeur qui fait que la moindre contrariété m'énerve, m'ennuie et me porte même parfois à des actes de colère. Un jour à Hyères, j'ai dans un de ces moments de colère, brisé d'un coup de pied le pot à eau et la cuvette de ma chambre. Un autre jour, je montais m'habiller et, cette colère surgissant à nouveau, je prenais un pantalon tout neuf, le déchirais en deux par la couture du milieu et le jetais par la fenêtre. Ce jour-là, il y eut une scène terrible mais, comme toujours, je ne répondais rien. Dans ces moments de vivacité, je ne répondais jamais rien à ma mère, sauf pourtant en ces dernières années où je commençais à en avoir assez. »

Lors de son premier crime, celui de Pascale E., le 24 janvier 1991, Guy Georges s'est introduit dans l'appartement de la jeune femme sous la menace d'un couteau : « Elle a essayé de me donner un coup de pied alors que je finissais ma fouille. Cela m'a mis en colère et je l'ai donc bâillonnée avec mon sparadrap. Je suis sûr que dès le départ, j'avais l'intention de la tuer sans trop savoir vraiment pourquoi, mais à ce moment, mon envie était encore plus forte et donc je la poussai sur le dos dans son lit et lui incisai la gorge, je devais constater qu'elle n'était pas morte car elle m'a dit au même moment : "Qu'est-ce que tu fais, tu me tues ?" J'ai donc dû donner deux ou trois coups dont un à la carotide. J'agissais à l'instinct en sachant que ça tuait. »

Tueur de femmes, d'hommes et d'enfants, Peter Kürten s'explique auprès d'un psychiatre, le professeur Karl Berg, sur la genèse de ses fantasmes sadiques : « La première fois que j'ai ressenti une tendance à la cruauté ? Cela doit remonter à des décennies. Enfant, je ne torturais pas les animaux, du moins, pas plus que les autres. Bien sûr, nous partions à la recherche de nids d'oiseaux et j'avais attrapé des grenouilles. Mais j'ai eu un développement sexuel prématuré et à l'âge de 15 ou 16 ans j'étais déjà comme ça ; ensuite, je me suis mis à poignarder des moutons dans les prés du Grafenberg. En agissant ainsi, je me suis rendu compte que j'éprouvais une sensation agréable, mais sans éjaculation. C'était le début, et la première fois que je devins conscient du lien qui unissait la cruauté au désir sexuel. À cette époque, j'avais aussi coupé la tête d'un chien. Une sensation très agréable. Je vous la recommande, Professeur, vous devriez essayer vous-même. Le sang coule dans un silence absolu lorsque vous coupez la tête d'une oie. L'origine de cette sensation remonte à loin. Quand nous vivions à Köln-Mülheim, un de nos voisins était un preneur de chiens. Les animaux étaient capturés, abattus et mangés. Le lard était vendu séparément pour servir à panser des blessures. Ce preneur de chiens avait pour habitude de torturer les chiens qu'il capturait. Par exemple, il les frappait avec une aiguille ou leur brisait la queue, en déclarant que c'était pour voir si les animaux étaient en bonne santé. J'assistais fréquemment à ce spectacle qui me plaisait beaucoup. Je devais avoir dans les 9 ans. Il m'a aussi montré comment exciter les chiens et leurs parties génitales pour qu'ils éjaculent. Plus tard, à l'âge de 13 ans, je me suis souvent souvenu de ce preneur de chiens quand j'attrapais de jeunes buses et hiboux avec mes camarades d'école, et quand je prenais des écureuils ou des martres. On les revendait à ce marchand, Otten, sur le marché. Et ça nous rapportait un bon paquet d'argent de poche. Tenez, j'ai toujours une cicatrice au doigt, là où un écureuil m'a mordu. J'ai dû lui serrer le cou pour le faire lâcher prise. J'avais 14 ans et pourtant je bandais comme un malade. Plus tard, au travers de conversations et de mes lectures, j'ai parfait mes connaissances sur ce sujet. Voir du sang me donnait une sensation plaisante. À cette époque, les gens tuaient encore fréquemment des porcs chez eux, et cela a toujours été un spectacle de choix pour moi.

« À 13 ans, je savais tout des relations sexuelles, puisque j'avais vu mes parents le faire. Bien entendu, je décidai d'expérimenter à mon tour. Je commençai avec une copine d'école, mais, bien que dénudés, je n'arrivais pas à la pénétrer parce qu'elle bougeait trop et me résistait. Du coup, je me rabattis sur des animaux. Dans les étables, il y avait des chèvres et des moutons. J'ai eu des rapports avec pas mal d'animaux femelles du voisinage ; je les pénétrais de force avec mon membre. Après, ça ne m'intéressait plus. Cela a duré un temps.

« C'est à 13 ans que je connus mon premier orgasme complet en poignardant un mouton. J'étais en train de pénétrer l'animal, mais je ne me souviens plus si la bête a bougé ou si j'étais satisfait par mon rapport. En tout cas, j'ai poignardé l'animal et j'ai éjaculé sur-le-champ. Je répétai fréquemment cet acte pendant les deux à trois années suivantes. Ensuite, je n'ai plus eu que des rapports avec des femmes. Je me trouvais alors à Coblence. »

Quant à Ed Kemper, il commence à s'attaquer aux animaux « vers l'âge de dix-onze ans ». « C'est le chat de la maison qui devient ma première victime. Je l'enterre vivant, puis je lui coupe la tête que je ramène dans ma chambre. Je la garde momifiée dans mon placard. Je fantasme beaucoup sur l'amour et le sexe et mes rêveries s'accompagnent toujours de violence. » Quelque temps après, il enfonce le crâne de la bête sur un piquet et garde le tout dans sa chambre. Le soir, il prie devant ce « totem » d'un genre particulier.

Un second animal, son chat siamois, qui préfère la compagnie de sa sœur aînée, devient une nouvelle victime de ses expériences. Cette fois, l'animal est massacré à coups de machette, et sa mère en découvre les morceaux décomposés dans son placard. Il a découpé le haut du crâne de l'animal pour mieux exposer la cervelle, puis, en le tenant par les pattes, Kemper l'a poignardé d'innombrables fois. Au cours de l'opération, il a été aspergé de sang. Bien des années après, Kemper réitère ces mêmes actes, mais il les expérimente sur des êtres humains.

Dans sa famille d'adoption, Guy Georges est initié par son frère de lait Laurent à la chasse dès l'âge de 6-7 ans. À 11 ans, il s'adonne au braconnage avec un arc et un lance-pierres. Accompagné par trois camarades, il anéantit un poulailler et un clapier. Dès qu'il peut s'échapper de la maison d'adoption, il part dans les bois environnants pour poser des pièges et tuer des poules d'eau avec son lance-pierre. Il porte constamment un couteau sur lui pour achever et dépecer ses proies. La chasse est quelque chose de très important pour le jeune Guy Georges. Il ramène de quoi manger à la maison et on le félicite chaleureusement. Pour arriver à ses fins, il est capable de rester immobile pendant plusieurs heures de suite.

On est frappé par les similitudes qui existent entre ses chasses d'adolescent et le mode opératoire nocturne de son itinéraire de tueur en série. Il connaît à merveille son territoire de chasse, un quartier populaire. « Pour la chasse, c'est mieux, on est camouflé, anonyme », explique-t-il. Quand il repère ses victimes, il croise leur regard, un geste qu'il ne reproduira plus jusqu'à la mise à mort. Il ne peut supporter qu'elles le regardent. « Elles se

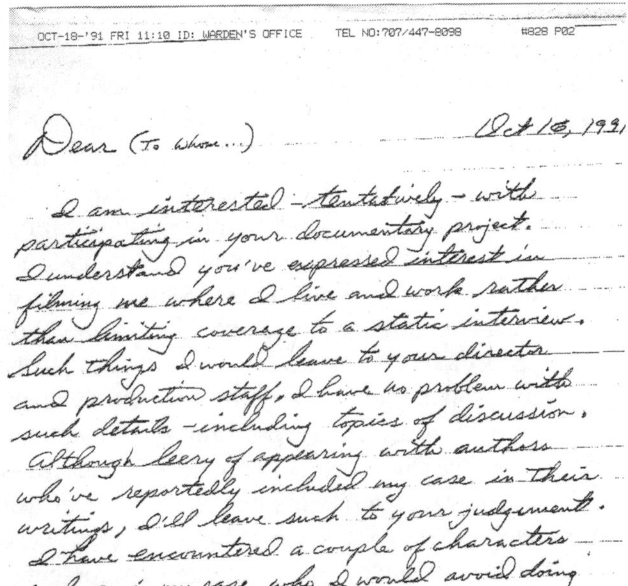
OCT-18-'91 FRI 11:10 ID: WARDEN'S OFFICE TEL NO:707/447-8098 #828 P02

Dear (To whom...) Oct 18, 1991

I am interested – tentatively – with participating in your documentary project. I understand you've expressed interest in filming me where I live and work rather than limiting coverage to a static interview. Such things I would leave to your director and production staff. I have no problem with such details – including topics of discussion. Although leery of appearing with authors who've reportedly included my case in their writings, I'll leave such to your judgement. I have encountered a couple of characters early on in my case who I would avoid doing any kind of project with... so I will await your accounting of who you'll be using. We can work openly in that area. Many professionals have nothing flattering to say to or about me; this I understand. When they do or say things clearly calculated to do me harm, I don't make it any easier. We'll discuss these concerns soon – I hope.

I look forward to our next communication.

Respectfully,
Ed Kemper

STE APPELE: 33 1 40701047 1991-10-18 19:56 G3-48 S BIEN RECU #2

La réponse d'Ed Kemper à une demande d'interview filmée en octobre 1991.

ressemblent pas, leur seul caractère commun, c'est qu'elles sont mignonnes. »

Ce portrait-robot psychologique que nous avons dressé du tueur en série – ou plutôt des tueurs en série, car ils sont tous très différents les uns des autres – ne permet pas de répondre à une question essentielle : qu'est-ce qui le motive ? Psychiatre réputé, le docteur Markman avance une hypothèse : « Cela dépend de son état d'esprit. S'il est psychotique, c'est son aliénation. Pour le psychopathe, qui est conscient de ses actes, il y a des explications dans son enfance, dans les conflits avec sa mère ou son éducation. Les personnes qui insultent l'identité du serial killer deviennent ses victimes. Parfois, certains s'attaquent à des femmes âgées qui symbolisent leur mère. À l'origine du crime, il y a presque toujours une humiliation durement ressentie par le meurtrier. Cette expérience est contrebalancée par un acte divin : vous vous emparez de la vie d'autrui. Ce geste annule l'humiliation. Vous êtes revigoré par le meurtre. Pour l'assassin, cela équivaut à un acte thérapeutique qui lui permet de se recréer en tant qu'individu. »

Un autre psychiatre, le docteur Samenow, ajoute : « Les serial killers diffèrent entre eux comme n'importe quels criminels. L'excitation est présente dans leur passage à l'acte, mais aussi dans la pensée et la conception de leur crime. Ils se considèrent comme puissants, uniques, spéciaux, irrésistibles, ou bien minables, nuls, et ils ne peuvent le supporter. Comme l'un d'eux me l'a dit : "Je me suis pris pour un petit Dieu dans mes moindres faits et gestes."

À chaque phase du crime, l'excitation persiste : lorsqu'ils y pensent, le préparent, en parlent, s'en vantent ou retournent sur les lieux. Outre cette excitation, il y a la conquête, le frisson, l'interdit. En fait, c'est par le degré de leur acte qu'ils se distinguent du criminel qui ne tue qu'une fois, qui viole ou commet une violence. Les tueurs en série, depuis leur plus tendre enfance, sont à la recherche d'activités qui les électrisent. Leur but ultime, c'est d'humilier la victime et de la réduire à néant. »

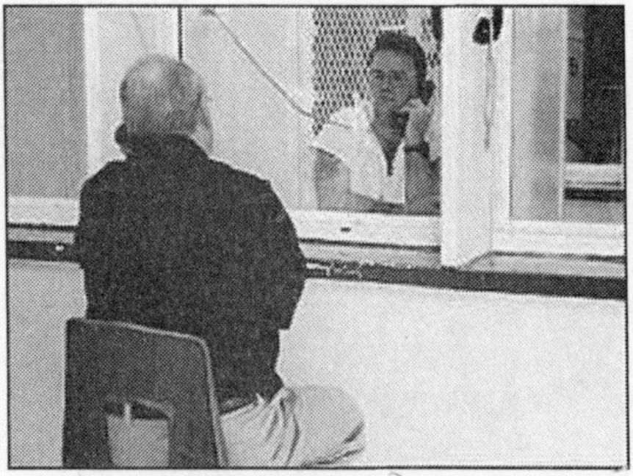

Face à face avec Tommy Lynn Sells.

À la découverte du « Coast to Coast Killer »

Il faut une dizaine d'heures pour passer de Paris à Houston ; c'est très long, pour les jambes notamment, et très court, quand on se retrouve immédiatement plongé dans une atmosphère dérangeante, si éloignée de notre quotidien. Après avoir loué une voiture pour nous rendre à Livingston, patelin situé à moins de 100 kilomètres au nord-ouest de Houston – et à quelques encablures de Huntsville, la « ville-prison » où l'on exécute à tour de bras – nous avons pris nos quartiers dans un motel de bord d'autoroute où nous attendait une drôle de dame. Sa description peut commencer par l'observation de sa carte de visite professionnelle, lettres argentées et dorées sur fond noir : « 24 Hours a Day – Vicky Z., BAIL BOND AGENT – Remember I Have the Key to Set you FREE », suivent deux numéros de téléphone, et « Financing Available », ce qui, pour les non-anglicistes parmi vous, donne à peu près ceci : « 24 heures sur 24, Vicky Z., agent-qui-vous-fait-sortir-provisoirement-de-prison-en-payant-votre-caution-et-se-porte-garant-au-cas-où-vous-ne-vous-présenteriez-pas-à-votre-procèsou-à-votre-contrôleur-judiciaire. Souvenez-vous que je détiens la clé qui vous rendra LIBRE. Possibilités de financement ». Nous n'entrerons pas dans les détails d'une profession qui n'existe pas chez nous… Vicky Z., c'est tout un poème. En marge de son boulot de faiseuse d'hommes en liberté provisoire, elle entretient avec plusieurs grands criminels emprisonnés pour des crimes multiples et parfois en attente d'être exécutés des relations pour le moins curieuses, disons même ambiguës (sur le mode de la séduction). Elle leur rend de longues visites en prison, fait amie-ami avec eux, récupère leurs petits dessins, poèmes et autres œuvres d'art pénitentiaires (en leur promettant de les faire publier !), et transmet à toutes les personnes qui viennent l'interviewer ce message angélique : « He is now a very kind person ! » Il est devenu si gentil ! Peut-être certains des criminels avec lesquels elle a conclu des transactions en bonne et due forme se sont-ils amendés, nous n'en savions rien lorsque nous interrogions Vicky dans la chambre du motel, tard le soir de notre arrivée aux États-Unis, mais nous avions tous les trois, le producteur-réalisateur, le caméraman et moi-même nettement l'impression qu'elle nous menait en bateau en nous tenant ce discours stupéfiant à propos de Tommy Lynn Sells, condamné à la peine de mort pour avoir assassiné une centaine de personnes, plus ou moins : il est si gentil, maintenant ! Nous étions là pour dévoiler un des aspects pervers et sensationnels du business qui entoure le phénomène des serial killers aux USA : l'exploitation financière que certaines personnes peu scrupuleuses en font (sur Internet, ces sites sont qualifiés de « Murderabilia »). Des scrupules, Vicky semblait en avoir peu, car à la question : « Mais comment pouvez-vous dire que Sells est si gentil, alors que vous êtes au courant de tous les meurtres terribles qu'il a commis ? Comment faites-vous dans votre tête ? », elle a répondu, esquissant un geste du bras comme si elle voulait chasser des insectes importuns : « Je mets les meurtres de côté, cela ne fait pas partie de mes préoccupations. » Nous avons tous sauté le dîner pour poursuivre jusque tard dans la soirée cet entretien stupéfiant avec Vicky Z., qui pourtant devait se lever à l'aube le lendemain : Tommy Lynn Sells l'attendait au parloir à 7 h 30 pour une visite de quatre heures, elle nous a promis de dire du bien de nous, afin qu'il consente à répondre à nos questions. Sur la table de sa chambre, Vicky Z. avait disposé deux dessins encadrés de Sells, représentant des cœurs rouges et portant les mentions « BIG MAMMA » et « VICTORIA ». Derrière les cadres, debout, un flacon de nettoyant pour vitres et un rouleau de papier de cuisine absorbant. Pour que les cadres soient impeccables lors de toutes les rencontres avec des journalistes. La « Bail Bond Agent » est une femme organisée. Pendant que Vicky consacrait sa matinée à son protégé, nous attendions l'heure de partir à la prison toute proche. Préparatifs de dernière minute : achat de chaussures fermées et d'une chemise à manches longues. Nous venions de découvrir ces clauses strictes du « Dress Code », la tenue vestimentaire de rigueur pour les visiteurs de Polunsky Unit. Puis nous avons décidé de faire quelques brasses dans la piscine du motel, histoire de revenir à la réalité.

C'est ma première visite dans le couloir de la mort d'une prison du Texas. L'entretien avec Tommy Lynn Sells est fixé au mercredi 7 septembre 2005, à 13 heures ; les visites des médias sont autorisées le mercredi uniquement dans la prison de haute sécurité de Polunsky, à Livingston, un bled paumé où toute consommation d'alcool est interdite dans un rayon de 15 kilomètres. Le mercredi suivant, on exécute un détenu et les caméras sont bannies : ce jour-là, tous les détenus feront, comme ils en ont l'habitude, la grève de la faim. Polunsky Unit détient le record du nombre d'exécutions aux États-Unis : 300 condamnés à mort ont péri sur la chaise électrique avant 1982 et les exécutions se font depuis par injection létale.

L'ambiance est très pesante. Pour la première fois en vingt-six ans de visites en prison, j'ai l'impression de me retrouver dans un « film hollywoodien ». Un responsable du « Texas Department of Corrections » (l'équivalent de l'administration pénitentiaire) suit nos moindres faits et gestes. Il vérifie que la caméra est vide et demande à visionner l'enregistrement de notre arrivée en taxi à la prison car il est interdit de filmer l'extérieur de l'établissement. Il est présent pendant tout l'entretien et, quelquefois, il place sa main sur l'objectif ou corrige les angles de prise de vue. Une fois tous les contrôles effectués, nous franchissons un no man's land écrasé de chaleur et délimité par plusieurs hauts grillages couronnés de rouleaux de fil de fer barbelé. Mon interlocuteur officiel ne se souvient pas d'une quelconque évasion durant ses trente-cinq années de carrière. Plusieurs lourdes portes sont passées. Dans les sas où nous nous trouvons, je n'arrive toujours pas à m'habituer au bruit des grilles qui se referment derrière nous. Dans ma tête, j'ai toujours cette crainte absurde que l'on va oublier de me faire sortir…

« Bienvenue en enfer ! » est le slogan d'un site Internet sur la « Polunsky Death Row Unit ». Avec le journaliste-producteur Patrick Spica et le caméraman Arnaud Levert, nous sommes dans une pièce au sol en linoléum qu'une paroi vitrée sépare en deux dans toute sa longueur. De chaque côté, des chaises et de petites séparations permettent aux visiteurs de rencontrer les détenus qui, eux, sont enfermés dans une minuscule cage de verre renforcé. Pour nous parler, il y a un téléphone qui rend les discussions difficiles. Depuis que je rencontre des tueurs en série, c'est la première fois que je n'ai pas un contact direct. Tommy Lynn Sells est déjà sous clé dans sa cage. Il est quasi méconnaissable par rapport aux photos que je connais de lui lors de son arrestation à Del Rio, dans le Texas. Il a coupé son énorme barbe, sa chevelure hirsute et porte maintenant des lunettes. Je pose mes trois fiches pense-bête contenant certaines questions sur une tablette devant la paroi vitrée. Le temps que je me retourne afin qu'Arnaud installe mon micro, je suis face à face avec Tommy

Lynn Sells. Derrière moi, un énorme distributeur de Pepsi-Cola ronronne et le bruit de son moteur me gêne énormément ; lors de ces entretiens, ma concentration est telle que le moindre bruit prend des proportions considérables. J'ai le sentiment que mes sens sont exacerbés.

D'entrée de jeu, Tommy Sells me surprend. Il a lu mes questions à travers la paroi vitrée : « Ce sont de bonnes questions, j'accepte de vous parler. » Je me sens soulagé car il m'est parfois arrivé par le passé de parcourir plusieurs milliers de kilomètres pour constater qu'un tueur me claque la porte au nez et refuse de me parler. Pour cet entretien, je dispose de peu de temps et il faut que j'établisse sur-le-champ un contact avec Sells. Je parle avec douceur et respect en lui demandant si je peux l'appeler Tommy. Il accepte.

Face aux enquêteurs et, notamment, au lieutenant Larry Pope qui est son interlocuteur préféré, Sells n'a jamais voulu parler de son enfance. Pope est sûr que son prisonnier a été victime d'abus sexuels et je tente un coup de poker. Si j'échoue, il va peut-être se murer dans le silence. J'aborde franchement le sujet. Dès ses premières paroles, Sells s'effondre en larmes. Malgré toute l'horreur de ses crimes, cela me dérange – un peu – de voir un tel homme pleurer. Ses énormes bras couverts de tatouages s'agitent nerveusement. Il me raconte qu'il a été violé par des pédophiles dès l'âge de 4-5 ans et admet du bout des lèvres que sa mère l'a « loué ». Dix ans plus tard, il tente de la violer en pénétrant nu sous sa douche. À 7 ans, son grand-père l'initie à l'alcool et à 10 ans il fume régulièrement de la marijuana. Il est jeté à la rue par sa mère lorsqu'il a 14 ans. Son père biologique lui a laissé pour seul héritage une maxime, « Dead Men Tell no Tales » (« les morts ne parlent pas »), qui résume parfaitement sa carrière criminelle.

Entre 1978 et 1999, Tommy Lynn Sells mène une vie d'errance à travers les États-Unis, ponctuée par l'alcool et l'héroïne. Dès que quelqu'un lui manque de respect, il tue sans prévenir et sans colère. Hommes, femmes et enfants tombent sous ses coups. Son mode opératoire varie à chaque fois : couteau, pierre, strangulation à mains nues, cordelette, batte de base-ball, arme à feu, etc. Dès que Tommy Sells pénètre dans une maison, il en massacre tous les occupants. Et il prend soin d'effacer toutes les traces de son passage, avant de quitter immédiatement les lieux pour un État voisin. Comme il ne possède pas de compte en banque ni de carte bleue, les autorités locales, les Texas Rangers et le FBI ont un mal fou à retracer tous ses déplacements lors de ces vingt et une années sur la route. Ce qui lui vaut son surnom médiatique de « Coast to Coast Killer » (le Tueur d'une côte à l'autre).

À la fin des années 90, Sells choisit de plus en plus des jeunes adolescentes qu'il pourrait avoir violées post-mortem, d'après le lieutenant Larry Pope. Depuis janvier 2000, date de son arrestation, Tommy Lynn Sells a été reconnu coupable de quatorze meurtres commis dans neuf États différents (Californie, Nevada, Idaho, Arizona, Texas, Missouri, Illinois, Kentucky, Tennessee). Lors de mon entretien avec lui, il estime avoir tué en moyenne cinq victimes par an entre 1978 et 1999. Larry Pope et les autres enquêteurs pensent que Sells pourrait avoir assassiné environ trois personnes tous les ans. Dans ses aveux aux Texas Rangers, une grande majorité de ses crimes ont été confirmés par la découverte des corps, mais il a aussi menti à plusieurs reprises.

Lorsqu'il me raconte ses crimes, il m'explique qu'il lui est impossible d'avoir des remords car, à ses yeux, le mot « sorry » (désolé) n'existe pas. Pas d'état d'âme non plus pour son carnage le plus atroce, celui des quatre membres de la famille Dardeen à Ina, dans l'Illinois. Le père est amputé de ses parties génitales alors qu'il est toujours vivant et Sells lui chuchote à l'oreille qu'il va « les ramener à son épouse ». Il égorge un enfant sous les yeux de sa mère enceinte qui accouche prématurément sous le choc. L'enfant qui vient de naître est tué à coups de batte de base-ball, l'arme servant ensuite à violer la femme agonisante. Sells indique qu'il « tue les enfants pour qu'ils ne connaissent pas les mêmes souffrances » que lui – une explication qui m'a déjà été donnée par Stewart Wilken, un serial killer sud-africain. Il évacue aussi sa responsabilité sur la société. C'est ainsi, par exemple, que la petite Hailey McComb est violée et tuée dans des sous-bois parce que les autorités locales n'ont pas

« nettoyé » cette partie luxuriante du parc. Si le parc avait été correctement déboisé, il n'aurait pas pu entraîner la victime à l'abri des regards et elle aurait eu la vie sauve !

Quand l'entretien s'achève, Tommy Lynn Sells, qui a les larmes aux yeux, pose sa main sur la paroi vitrée et je fais de même. Il s'agenouille ensuite et passe les mains dans son dos pour les glisser à travers un guichet. Un gardien le menotte et il est ramené vers sa cellule du couloir de la mort où quatre cents autres détenus attendent leur exécution. Enfermé 23 heures sur 24, il a une radio pour seule distraction.

Après cet entretien d'une rare densité, retour sur le parking gigantesque posé au milieu des champs, avec une vue imprenable sur les bâtiments des condamnés à mort. En face de notre véhicule de location, deux tables en bois, style pique-nique en forêt. Du « bon côté » des barbelés. De petits groupes de gardiens en uniforme gris souris viennent à tour de rôle y fumer une cigarette et boire un café, en vérifiant de temps à autre que nous sommes bien sages et que nous ne prenons pas de prises de vue interdites.

Au sortir de cet endroit éprouvant, le producteur et le caméraman m'ont déposé dans un grand restaurant climatisé, avant de retourner au motel pour « achever » leurs questions à Vicky, la confidente de Sells. Ils m'ont récupéré au bout de deux heures, et nous avons filé sur Houston où nous avons pris l'avion pour Cincinnati, Ohio. La seconde interview de tueur doit avoir lieu le lendemain à 13 heures, date et horaire impératifs, comme pour la première interview. Nous n'avons pas le temps d'enchaîner sur une rencontre avec le lieutenant Larry Pope, qui a procédé à l'arrestation de Sells. Nous avons donc décidé de remettre cet entretien à plus tard, car le policier est en possession de documents particulièrement éclairants sur l'affaire Sells.

La rencontre a lieu le lundi 12 septembre 2005, à Del Rio, Comté de Val Verde, à proximité de la frontière mexicaine. Le bureau de Larry Pope se trouve dans le centre de détention, qui accueille un millier de détenus en transit pour une durée de quelques mois maximum. C'est là que Sells a été interrogé et incarcéré, 48 heures après son dernier meurtre, celui d'une fillette de 13 ans (cette nuit-là, en décembre 1999, il a également commis une tentative de meurtre sur une fillette qui dormait dans le même mobile-home – celle qui a contribué à son arrestation).

Le bureau du lieutenant est désordonné, de son propre aveu (« Sorry, this place is a mess »). Il y fait froid, à cause de la climatisation. Au premier abord, nous le trouvons bourru, distant ; peut-être n'a-t-il pas du tout envie de nous recevoir et de répondre à nos questions. Mais très vite nous comprenons qu'il est un peu timide, et il accepte, à ma demande, de nous montrer l'enregistrement de la reconstitution du dernier crime, avec Sells lui-même sur les lieux, ainsi que la cassette des aveux. Ce matériel est impressionnant et révélateur de la personnalité du tueur : on l'y voit très calme, froid, méticuleux, ne présentant pas l'ombre d'un remords. Larry Pope me raconte que Sells lui a confié, hors caméra, qu'il ressentait un plaisir extrême à tuer.

Donald Harvey et Stéphane Bourgoin.

Le tueur au masque de cire

Quand on a écouté Donald Harvey parler pendant trois heures, on n'a pas forcément envie de lui serrer la main et/ou de poser à ses côtés pour ce qu'on pourrait, à quelques nuances près, appeler une photo souvenir. Pourtant c'est ce que nous avons fait, Stéphane – l'intervieweur, Arnaud – le caméraman, et Patrick – le producteur. Dans les prisons, il est préférable d'arriver bardé de ses bonnes manières, même si les circonstances nous auraient incités à une plus grande retenue… On a tous serré sa longue main blanche à la peau ultra-fine, Harvey semblait apprécier le geste, mais je n'étais quant à moi pas très à l'aise, je faisais une drôle de tête ; toutefois j'ai bien été obligé de me plier au cérémonial.

Ce petit laïus, en guise d'introduction à la deuxième partie du compte-rendu de mon voyage aux États-Unis, est destiné à vous faire réfléchir, vous faire comprendre à quel point l'« Angel of Death » (l'Ange de la Mort) qu'est Donald Harvey m'a paru être un individu ahurissant, déboussolant, et j'oserais même dire : répugnant, bien que ce qualificatif contienne un jugement moral.

Aujourd'hui, je suis toujours aussi perplexe. Six ans se sont écoulés depuis ma visite à la « Warren Correctional Institution » à Lebanon, non loin de Cincinnati dans l'État de l'Ohio. Peut-être même encore plus perplexe que le jour de l'entretien, qui exigeait de nous tous et plus particulièrement, bien sûr, de moi-même, une grande concentration, entre le contrôle de sécurité à l'entrée, l'attente du tueur qui a pénétré dans la pièce quinze minutes après nous, les déplacements de la caméra, la surveillance visuelle et auditive ininterrompue du directeur adjoint, et la chaleur. La tension avait commencé à monter dès notre arrivée sur le parking de la prison : nous avions filmé les abords des lieux par la fenêtre de la voiture qui roulait à faible allure, et deux gardiens qui nous avaient repérés nous ont accablés de questions alors que nous sortions tout juste du véhicule.

Donald est entré, souriant, mais le visage immobile comme le masque de cire d'un personnage du musée Grévin. L'ex-infirmier était maquillé, c'était évident. On serait même tenté de dire grimé. Mais quand une femme se maquille pour s'embellir, elle n'en garde pas moins des expressions et un air vivants. C'était là toute la différence. Le masque de cire du détenu captivait le regard, tout en engendrant un fort sentiment de malaise. Les réponses qu'il allait faire à mes questions tout l'après-midi et son calme incroyable pendant qu'il nous racontait des horreurs allaient nous éclairer sur l'origine de ce profond malaise.

Pendant trois heures, j'ai observé Harvey et noté tout ce qui me passait par la tête, c'est-à-dire une profusion de pensées et de sentiments. En relisant ces notes, on remarque des mots écrits plus gros que d'autres : assurance, image, susceptible, power, lonely, manipulation. Parmi les dernières phrases prononcées par Harvey, j'ai relevé : « I was a bad angel. I don't consider myself a serial killer. » C'était la fin de l'entretien avec l'homme qui aime bien mener la danse.

L'entretien avec « l'Ange de la Mort »

L'homme mince, de taille moyenne qui se déplace le long d'une allée bordée d'arbres et de pelouses verdoyantes ressemble à un fonctionnaire. Sa chemise bleue est impeccablement repassée, la moustache est taillée au millimètre, la chevelure poivre et sel est coiffée avec soin. Il est accompagné d'un homme, un gardien de la « Warren Correctional Institution ». L'ambiance est presque champêtre, sous un soleil de plomb. Cette prison ressemble à un campus universitaire avec ses douze bâtiments disséminés en cercle sur 45 hectares. Inaugurée en 1989, Warren accueille 1 038 détenus et l'atmosphère y est beaucoup plus « humaine » que dans les couloirs de la mort du Texas.

Bientôt, l'homme souriant qui me fait face me tend une main que je serre. La poignée est ferme et sèche. Donald Harvey est parfaitement à son aise. Il salue avec effusion son avocat William Whalen qui est accompagné de son assistante. Arnaud Levert, le caméraman, lui tend un micro qu'il fixe lui-même à sa chemise. On sent un homme habitué aux médias. Contrairement au Texas où je n'ai pas eu de contact direct avec Tommy Lynn Sells, nous sommes tous installés autour d'une table dans une salle de conférences, avec Harvey qui « préside » en bout de table. Je suis installé à côté de lui, face à son avocat. Assis à l'opposé de l'Ange de la Mort – son surnom dans les médias américains – Mark Stegemore, directeur adjoint de l'établissement, qui côtoie pourtant Harvey depuis de nombreuses années, m'avouera à la fin de l'entretien avoir appris beaucoup sur son prisonnier. En aparté, il me glisse un « il ne faudra jamais le relâcher » lourd de conséquences.

Cet entretien restera longtemps dans ma mémoire par la richesse des informations recueillies, au point que l'avocat – et confident – de Harvey m'indique avoir appris de nouvelles choses sur son client. Pour la première fois, le tueur accepte de s'exprimer publiquement sur l'aspect occulte de certains de ses crimes des années 1980. Lors d'un débriefing, le lendemain matin, Bill Whalen m'apprend que Donald Harvey m'a menti à un moment donné. Il prétend n'avoir jamais lu le seul ouvrage qui lui est consacré, *Defending Donald Harvey*, et dont l'auteur n'est autre que son avocat. Ce qui est entièrement faux car Whalen lui a fait relire toutes les épreuves avant même sa publication. Je m'en doutais car la personnalité suffisante du personnage ne cadrait pas avec une telle affirmation.

Pendant l'entretien, Bill Whalen intervient à une seule reprise pour interrompre son client. Le moment est très intense et dramatique car Harvey répond à une question où je m'étonne qu'il n'ait pas tué entre 1972 et le début des années 80. L'ex-infirmier m'affirme avec un léger sourire qu'il a poursuivi son œuvre meurtrière, à l'exception de deux années de répit. Je lui demande combien de personnes il a tué durant cette période. La réponse fuse, sans la moindre hésitation : « Dix-sept. » À cette époque, Harvey travaille au Veterans Affairs Hospital, et les crimes qu'il a pu y commettre n'ont pas été jugés, pas plus qu'il n'y a eu d'enquête. Condamné à perpétuité pour trente-sept meurtres, théoriquement libérable en 2047 à l'âge de 95 ans, Harvey est soupçonné de soixante-dix meurtres par les enquêteurs. Ces dix-sept « nouveaux » meurtres pourraient en théorie lui valoir la peine de mort parce qu'ils ne font pas partie de l'accord négocié de « plaider coupable » entre son avocat et les autorités. D'où l'inquiétude de son avocat qui tente de faire taire son client.

L'arrestation de Donald Harvey en 1987, pour le seul assassinat du malade John Powell, relève de la sagacité d'un médecin légiste. La loi de l'Ohio requiert que toute personne accidentée de la route doit être autopsiée, même si elle est décédée de mort naturelle. En découpant les viscères de Powell, le praticien décèle une odeur d'amande amère qui lui fait immédiatement penser à l'utilisation de cyanure.

Des examens complémentaires montrent que son hypothèse est juste. Rapidement, les soupçons se portent sur l'infirmier modèle Donald Harvey, qui est âgé de 35 ans, car ses collègues se sont rendu compte du taux élevé de décès parmi les malades dont il s'occupe. Mais les autorités médicales du Drake Hospital ont sciemment décidé d'occulter le problème et, plus tard, elles mettront des bâtons dans les roues des enquêteurs.

Lorsque Harvey est confondu, la police ne le pense responsable que d'un seul homicide commis sous couvert d'euthanasie. Un journaliste d'investigation pour une chaîne d'infos locale se pose la question de savoir si l'infirmier n'aurait pas fait d'autres victimes. Sous couvert d'anonymat, plusieurs infirmiers et infirmières lui ont confié leurs soupçons et il prend rendez-vous avec Bill Whalen qui a été commis d'office pour défendre Harvey. L'avocat rend visite à son client qui lui confie qu'il en a tué « d'autres ». « Combien ? Deux ? Trois ? » Harvey secoue la tête. « Plus que ça ? » Au bout d'un moment, Whalen comprend que le nombre dépasse la dizaine et il demande à Harvey de lui indiquer un chiffre plafond. « Soixante-dix », affirme Donald Harvey.

L'avocat se trouve face à un dilemme incroyable. Son client a avoué un meurtre et, s'il est confondu pour ne serait-ce qu'un seul nouveau crime, il risque la condamnation à mort dans l'État de l'Ohio. Pour sauver la tête de Donald Harvey, il doit rompre la confidentialité qui le lie à son client. Il prend contact avec le bureau du procureur pour lui proposer un marché. En échange d'aveux complets sur tous ses crimes, Donald Harvey échappe à la peine de mort pour se voir condamné à plusieurs perpétuités assorties de peines incompressibles de vingt ans chacune. Au bout de longues et épuisantes tractations, l'État de l'Ohio accepte car les enquêteurs sont incapables de trouver des preuves directes de la culpabilité de Harvey, de nombreux corps ayant été incinérés.

Lors de notre discussion, Donald Harvey se montre extraordinairement précis. Il m'explique qu'il expérimente longuement pour trouver les meilleures méthodes pour tuer sans laisser de traces. Un de ses amants, un entrepreneur de pompes funèbres, lui apprend que la suffocation avec un sac plastique est très difficile à déceler pour les légistes. Harvey met tout de suite cette méthode à l'épreuve. Il se sert aussi d'arsenic dont il masque le goût avec du jus de prune ou d'orange, de cyanure, d'injection d'air, d'étouffement avec un oreiller ou de moyens plus radicaux. Il apprend qu'un de ses patients est soupçonné de viols et il déteste cet homme qui l'a frappé avec un pot de chambre. Ce malade est à sa merci, car il ne peut plus s'exprimer ni écrire. Pour se venger, Harvey lui enfonce une sonde creuse surdimensionnée dans le pénis dans laquelle il fait passer un fil de fer qui perce les intestins. Peu de temps après, l'homme meurt d'une péritonite.

Violé dès son plus jeune âge par l'un de ses oncles, puis par un voisin, Harvey accepte son homosexualité et il vit même plus d'une dizaine d'années avec ses deux violeurs. Lorsqu'il tue pour la première fois en 1970, Harvey, qui a 18 ans, travaille depuis dix-neuf jours dans l'hôpital de Marymount. Cette même année, il assassine quinze patients. « Je tue pour connaître un désir de puissance et pour contrôler ma propre vie, m'explique-t-il. C'est un peu comme d'être au volant d'un bolide de course dont la vitesse vous enivre. Vous contrôlez ainsi l'existence des autres. » A-t-il eu des remords ? « Non, aucun. Je ne connaissais pas ces gens. Cela vous paraît peut-être choquant, mais c'est la vérité. Mais j'ai un peu de remords pour les personnes que je connaissais. »

Au début des années 80, Harvey, qui est un autodidacte et se passionne pour les religions, fait brièvement partie d'un couvent satanique. Mais il préfère organiser ses propres cérémonies à l'abri de son mobile-home, dont il couvre toutes les ouvertures de lourdes tentures. Il revêt une robe cérémoniale et place un masque de chirurgien sur sa bouche. Ainsi, son propre souffle ne fait pas bouger la flamme d'une bougie, qu'il a placée dans un crâne évidé, sur un autel improvisé. Dans une boutique, il a acheté des poignards de collection et de l'encens. À l'abri des regards, il dessine un cercle de soufre sur le plancher pour invoquer la présence de « Duncan », son double et ange gardien, un médecin de la Première Guerre mondiale, qui l'aide à prendre des décisions majeures. Sur une feuille de papier, Donald Harvey a noté les noms de différents malades en phase terminale du bâtiment où il exerce. Si la flamme vacille, le patient meurt dans les 24 heures.

Le lendemain matin, en plein centre de Cincinnati, William Whalen nous reçoit dans son cabinet. Il a ôté son large Stetson blanc qui le protège des rayons du soleil avant de nous saluer. Homme courtois, discret et intelligent, il dit que l'affaire Harvey l'a beaucoup transformé. On le croit volontiers. Plein d'humanité, il garde d'ailleurs le contact avec son client, mais il avoue être dépassé par sa personnalité et son passé de tueur.

Un long entretien a été filmé dans la salle de réunion du cabinet, me permettant de compléter l'interview accordée la veille par Harvey. Ce « lendemain » était donc indispensable pour la suite de l'enquête et du reportage. L'après-midi, nous l'avons passé en compagnie de l'ex-lieutenant William Fletcher, qui fut chargé de l'enquête sur Donald Harvey. Un grand gaillard, carré, aguerri, chez qui l'on soupçonne malgré tout une sacrée faille : il ne cesse de repenser à la série de meurtres qui a été mise au jour, il y a maintenant dix-huit ans. Cela a été l'affaire de sa vie. Le lieutenant William Fletcher, qui a dirigé les investigations sur les meurtres de Harvey, me confirme l'aspect occulte de l'affaire. Pendant que nous nous dirigeons vers le Drake Hospital, dans la banlieue de Cincinnati, l'ex-policier qui travaille pour le bureau du procureur du comté de Hamilton me raconte que Harvey faisait du trafic d'organes, à partir de membres coupés qu'il volait dans la morgue de l'établissement. Il ne les revendait pas, mais les donnait à un autre sataniste de sa connaissance qui sera, lui aussi, condamné pour meurtre. Fletcher me confie également une pièce à conviction capitale : une liste numérotée des victimes de Donald Harvey que l'on a trouvée collée derrière un tableau au domicile de l'infirmier.

Notre séjour dans la région de Cincinnati s'est achevé sur une visite au domicile de Bill Whalen, qui nous a accueillis dans sa maison blanche et calme du Kentucky, sur l'autre rive du fleuve Ohio. L'avocat est un personnage atypique. Nommé maître de Reiki (art ancestral de mieux-être par imposition des mains) il y a trois ans, il est passionné de rapaces et de serpents ; pour nous, il s'est mis en écharpe Sam, 19 ans et 20 kilos, son gentil boa constrictor qui dort dans un vivarium, au premier étage. Sam est son cinquième boa. Nous avons pris place dans le salon immaculé, où nous attendait la bibliothèque personnelle de Donald Harvey, du temps de sa liberté. Whalen avait posé les cartons de déménagement sur la table basse. Ils regorgeaient d'ouvrages spécialisés : *Earth Magic*, *The Ancient Art of Occult Healing*, *The Encyclopedia of Witchcraft and Demonology*, *The Magic of Herbs*, *The Devil's Disciples*, *Autopsy Manual / Departments of the Army, Magic White and Black*, et autres livres traitant tous de sorcellerie, d'occultisme, de sociétés secrètes telles que la Golden Dawn, et d'alchimie. En matière de fiction, Harvey possédait des livres de Sax Rohmer, de Montague Summers et de J.K. Huysmans (*Là-Bas*).

Sur les fauteuils, l'avocat avait étalé diverses pièces importantes du dossier : les fac-similés de plusieurs agendas du tueur (fin des années 70, début des années 80), les originaux de ses certificats d'assiduité au travail émanant des hôpitaux qui l'ont employé, et des montagnes de coupures de presse de l'époque du procès. En feuilletant les agendas, plusieurs choses me frappent d'emblée : l'écriture, petite et assez régulière ; la façon, minutieuse, de rapporter des actes courants de la vie quotidienne (faire des courses, téléphoner à untel, aller au cinéma) ; quelques phrases, lues au hasard, comme celle-ci, qui revient le même jour (le 21) de chaque mois pendant plusieurs mois d'une certaine année : « Daddy dead one month ago », « Daddy dead two months ago », etc. Il s'agit des anniversaires mensuels de la mort de son père. Mais le plus stupéfiant, dans les agendas de Harvey, reste ceci : certains jours sont marqués de chiffres et de lettres, des sortes de codes secrets. Ces jours-là, l'infirmier a tué. Bill Whalen détient aussi les onze cassettes vidéo du procès de son client, qui remonte à 1987. Sur l'extrait qu'il nous passe, on voit un Donald Harvey au visage de chérubin. Il a 35 ans et doit répondre, à ce stade du procès, de trente-trois assassinats.

Moins quinze degrés devant
les anciens bâtiments de Sing Sing.

Une visite à Sing Sing

Nous sommes trois à partir de Roissy – Barbara, la réalisatrice, Franck, le caméraman et preneur de son, et moi-même. L'équipement est léger ce qui facilite la mise en place des prises de vue. Départ le mercredi 14 janvier 2009 à 13 heures sur Continental Airlines pour neuf heures de vol à destination de Newark, New Jersey. La crise est passée par là et l'avion est aux deux tiers vide ce qui nous permet de bénéficier de trois places chacun. Il est 16 heures, heure locale, à notre arrivée après la dégustation des fameux repas en plastique de la compagnie ! Le temps de passer les formalités de douane, de récupérer les bagages et de louer un véhicule, trois heures s'écoulent. Dès que je mets le nez dehors, sur le parking, un froid glacial m'assaille : il fait moins 12°. Direction, notre hôtel, un « Quality Inn », à Long Island City, que nous atteignons en traversant le pont de la 59e Rue Est de Manhattan. Frigorifiés et fatigués (il doit être environ 3 heures du matin, heure française), nous déposons nos bagages dans des chambres où la climatisation a été poussée à son maximum glacial, comme souvent aux États-Unis. L'hôtel est situé près d'une ligne de métro aérien, avec une vue imprenable sur des entrepôts glauques et d'innombrables marchands de voitures d'occasion. Nous partons à pied dans la neige et sur la glace à la recherche du premier restaurant venu. La chance nous sourit avec un très bon mexicain, le « Tequila Sunrise » sur Northern Boulevard, dans le quartier d'Astoria. Un bref moment de détente avec un serveur qui prépare un guacamole maison devant nous à l'aide d'un mortier. Je me régale de plusieurs bières mexicaines « Dos Equis ». Il est 5 heures du matin, heure française, lorsque nous rentrons à l'hôtel. Lever vers 6 h 30 pour un petit-déjeuner « Quality Inn » dans un recoin du hall d'entrée, proche de la porte et des courants d'air froid. Au menu, café à l'américaine (on peut en boire des litres sans être énervé le moins du monde), jus de fruit à base de concentré et viennoiseries bourrées de sucre. Dehors, il fait déjà moins 15° avec un vent de blizzard. Il nous faut environ une heure et demie pour arriver à Ossining, où se situe la mythique prison de Sing Sing édifiée en 1825 par les détenus du pénitencier voisin d'Auburn. Considérée à ses débuts comme un établissement modèle, elle devient célèbre pour les terribles châtiments corporels infligés aux détenus. C'est entre ses murs que sont inventés des mots définitifs de l'argot américain des prisons avec « Up the River » (les prisonniers débarquaient sur les berges du fleuve Hudson, ce qui n'est plus le cas maintenant), « The Big House » (qui est repris pour de nombreux titres de films) et « The Last Mile » (la distance parcourue par les condamnés à mort avant d'arriver à la salle d'exécution). Le lien avec le cinéma américain est très fort puisque des longs-métrages tels que *20 000 Years in Sing Sing* (1932) avec Spencer Tracy, *Les anges aux figures sales* (1939) avec Humphrey Bogart et James Cagney, *À chaque aube je meurs* (1939), *Invisible Stripes* (1939), *Le carrefour de la mort* (1947) ou *King of New York* (1990) d'Abel Ferrara y ont été tournés en partie. Pour remercier les autorités pénitentiaires, la Warner Brothers fit construire à ses frais un bâtiment de l'ancien Sing Sing. Si la première exécution sur la chaise électrique d'un condamné à mort, William Kemmler, se déroule entre les murs du pénitencier d'Auburn en 1890, c'est à Sing Sing qu'elle a ensuite lieu pour tous les condamnés à mort de l'État de New York. La première a lieu le 7 juillet 1891 et la dernière en 1963. En tout, 614 personnes ont été exécutées à Sing Sing. Parmi les détenus les plus célèbres, citons les époux Julius et Ethel Rosenberg, la meurtrière Ruth Snyder, les gangsters Lucky Luciano et Louis Lepke, les tueurs en série Martha Beck et Raymond Fernandez (les « Tueurs de la lune de miel »), Carl Panzram et le tueur pédophile Albert Fish. Sing Sing possédait aussi son propre cimetière où est d'ailleurs enterré Albert Fish dont les pratiques sadomasochistes (s'enfoncer des aiguilles de marin dans le corps) entraînent plusieurs courts-circuits lors de son exécution sur la chaise électrique. Mais les restes des détenus ont été transférés à Fishkill depuis que le terrain du cimetière a été revendu à la municipalité.

Les anciens bâtiments de Sing Sing ne servent plus depuis la Seconde Guerre mondiale, même s'ils existent toujours, près du fleuve Hudson. La toiture a brûlé dans les années 1990 et on parle depuis une dizaine d'années d'une réhabilitation possible pour y installer un musée à l'image de ce qui a été fait au pénitencier d'Alcatraz, près de San Francisco. Il existe déjà l'ébauche d'un (minuscule) musée en face de l'école publique d'Ossining qui contient des objets et photos de l'ancien Sing Sing, notamment des armes artisanales fabriquées par les détenus, plusieurs cellules de condamnés à mort ou encore une chaise électrique en bois des années 1890. L'ancien et le nouveau Sing Sing sont séparés par une ligne de chemin de fer qui traverse le territoire de la prison – c'est d'ailleurs un cas unique pour une prison américaine. Je prépare une dernière fois mon entretien avec le tueur en série Joseph Baldi dans un « diner » à l'ancienne d'Ossining, tout en chrome et aluminium, qui me donne l'impression d'un voyage dans le temps. Mes questions prêtes dans ma tête et inscrites sur des fiches cartonnées, il est temps pour moi de me rendre en taxi à Sing Sing. Cette interview est un saut dans l'inconnu car j'ignore presque tout du cas Baldi (pas un livre ne lui est consacré et il ne figure dans aucun dictionnaire des serial killers). Tout ce que je sais se résume à ces quelques lignes glanées auprès de l'ex-inspecteur Donald Palmer qui a arrêté le tueur (il pense que Baldi ne va pas me parler car depuis qu'il est incarcéré à Attica, puis à Sing Sing, il a appris à lire et à écrire dans des livres de droit et il sert d'avocat aux autres détenus) : entre septembre 1970 et juin 1972, les habitants du Queens, un quartier populaire de la ville de New York, sont terrorisés par les escapades nocturnes d'un rôdeur qui semble frapper au hasard ses victimes. Pendant les week-ends, il s'attaque à des femmes pour les taillader dans leurs chambres à coucher. Le premier meurtre se déroule le 20 septembre 1970 avec Areti Koularmis comme victime. Dix-huit mois s'écoulent, avec quatre tentatives non meurtrières, jusqu'au 19 mars 1972 avec Camille Perniola, 17 ans, qui décède au domicile de ses parents.

Ensuite, le tempo s'accélère et l'assassin paraît en proie à une véritable frénésie meurtrière. Le 13 avril 1972, c'est Clara Toriello, 21 ans, qui tombe sous les nombreux coups de couteau. Le 13 juin, il pénètre par la fenêtre ouverte d'un appartement pour cisailler le visage d'une adolescente qui survit à ses blessures. Deux jours plus tard, à peine quelques heures avant l'aube, il est surpris par les hurlements d'une jeune femme qui le font fuir. Le 17 juin, à Jamaica, dans le Queens, Deborah Januszko, 16 ans, a moins de chance : elle est poignardée à de nombreuses reprises. Aucune des victimes, mortes ou survivantes, n'a été violée, mais les enquêteurs considèrent les agressions comme des crimes sexuels. Plusieurs fois, l'assaillant prend le temps de cisailler les soutiens-gorge des jeunes femmes. Le 21 juin 1972, à 1 heure du matin, une patrouille de police arrête Joseph Baldi et le met en examen pour l'assassinat de Deborah Januszko. Baldi a été interné pendant près de dix ans dans plusieurs hôpitaux psychiatriques, notamment au Creedmore State Hospital du Queens. Une fouille de la chambre qu'il loue, qui se situe à moins de trente mètres du domicile de la famille Januszko, met au jour cinq couteaux, un pistolet et une pile imposante de revues pornographiques. Neuf mois plus tôt, le 5 septembre 1971, Joseph Baldi avait tiré des coups de feu en direction de policiers qui l'avaient surpris en plein cambriolage de l'appartement d'une habitante du Queens. Envoyé en hôpital psychiatrique pour des analyses le 19 octobre, Baldi est transféré à Creedmore le 30 novembre d'où il est libéré par erreur le 21 janvier 1972. Le médecin qui signe les papiers de sa libération ignore que Baldi a été mis en examen pour une tentative de meurtre à l'encontre de policiers. L'examen de tous ses dossiers médicaux montre que Baldi était en liberté pour l'ensemble des dix attaques du Queens qui ont fait quatre morts. Le 23 juin 1972, la police annonce officiellement que les meurtres en série du Queens ont été résolus grâce à l'arrestation de Joseph Baldi.

Le temps froid s'est transformé en blizzard et le fleuve Hudson est complètement gelé. Un thermomètre indique qu'il fait moins 20°. Pour les besoins du tournage, il m'est impossible de garder une parka et un bonnet. Je suis en veste lorsque je m'approche des hauts murs d'enceinte et des miradors. Nous sommes bientôt accueillis par une jeep de patrouille d'où un gigantesque gardien nous invective sans nous laisser placer le moindre mot. Il nous reproche d'avoir filmé l'extérieur de la prison sans autorisation, alors que Franck a juste pris quelques plans de mon arrivée en taxi. C'est chaud et cela refroidit encore un peu plus l'ambiance. Fort heureusement, son supérieur intervient et nous conduit jusqu'à l'entrée pour satisfaire aux fouilles et passage au détecteur de métaux. Après avoir franchi plusieurs grilles et couloirs vétustes, nous pénétrons dans une salle pleine de courants d'air où l'entretien va se dérouler. Un garde nous amène Joseph Baldi qui est maintenant âgé de 68 ans, mais qui en paraît dix de plus. Mal rasé, le regard fuyant, vêtu d'une tenue verte sale, Baldi serait parfait pour le casting du vieux pervers sexuel, tel qu'on se l'imagine au cinéma. Il marmonne et de la salive coule parfois à la commissure de ses lèvres. Dès le début, mes tentatives pour créer un « lien » avec lui se heurtent à un mur : je lui parle de son anniversaire qui tombe le lendemain, j'ai droit à un regard vide et à un sourire narquois. Les premières minutes s'engagent mal et je sais déjà au fond de moi que je vais me faire balader. Je me rends compte qu'il est attiré par Barbara, la réalisatrice. Il tente de se montrer galant mais, venant de sa bouche, ses compliments sont ceux d'un « vieux pervers ». Il m'apparaît parfaitement abject. Baldi prétend n'être responsable que d'avoir tiré sur un policier, pour le reste, il est victime d'un complot des autorités. Dans une prison telle que Sing Sing, admettre qu'on a fait feu sur un flic vous donne de la stature, alors que si l'on apprend que vous avez tué des fillettes, vous allez passer un sale quart d'heure. À un moment donné, le détenu reconnaît qu'il a « tué beaucoup de monde », mais c'était soi-disant au Vietnam. Il en serait revenu traumatisé, ce qui expliquerait son internement pendant quelques mois pour soigner une dépression (en fait, il passe près de dix ans en HP). Il affirme « adorer » les enfants et en avoir adopté deux qui viendraient régulièrement lui rendre visite. Joseph Baldi ne met pas beaucoup de conviction pour nier ses crimes et il prend toujours soin de ne pas croiser mon regard. Il admet avoir possédé une arme à feu et de nombreux couteaux, par contre, je l'énerve énormément lorsque je lui demande s'il possédait beaucoup de revues pornographiques. À ses yeux, l'accusation est pire que celle d'avoir assassiné des jeunes femmes et des fillettes. Très curieusement, lorsque Baldi nie ses assassinats, il utilise des termes tels que : « Je ne pense pas que j'aurais pu commettre de tels actes », « Je ne crois pas que je… ». Si on se prétend innocent, on est affirmatif, on déclare : « Je suis innocent, je n'ai pas commis de meurtres. » Je lui fais remarquer son curieux phrasé, ce qui a le don de l'irriter. J'insiste à plusieurs reprises et je sens qu'il s'énerve de plus en plus. Il me prévient qu'il va s'en aller si je continue sur cette voie. En fait, c'est mon but, car je sais que l'entretien ne donnera rien, mis à part une perte de temps. Mais pour le reportage, cela peut donner des images intéressantes et montrer la difficulté qu'il y a à mener à bien de tels interrogatoires. Je veux provoquer son départ et j'y arrive au bout de quelques minutes. Il est déstabilisé quand je lui demande pourquoi il a accepté de nous rencontrer et s'il est vrai qu'il a été le « giton » d'un travesti adepte de musculation pendant son séjour dans la prison d'Attica ; son protecteur a d'ailleurs été assassiné. Je sens que Joseph Baldi est à bout quand la réalisatrice me pose une question en français à son sujet. Je fais exprès de le montrer du doigt en répondant en français. Du coin de l'œil, je vois qu'il pose son micro et quitte la pièce. Personne ne le retient. Le tournage se poursuit, en extérieur cette fois-ci, pour des images saisissantes du pénitencier pris dans la glace et la neige. Nous croisons Joseph Baldi qui vient chercher son repas de midi, nous n'échangeons pas un mot ni même un regard. Lorsque nous rentrons dans le Queens en ce jeudi 15 janvier, la radio annonce qu'un avion de ligne s'est crashé dans l'Hudson, juste face à notre hôtel. Fort heureusement, il n'y a pas de morts ni de blessés. Comme Franck n'a jamais mis les pieds à New York malgré de nombreux tournages aux États-Unis, nous décidons d'aller en taxi à Manhattan malgré le froid glacial et la fatigue. Je propose qu'on s'arrête dans Greenwich Village, sur Bleecker Street, où je connais déjà de nombreux restaurants. Nous entrons dans l'un d'eux, spécialisé dans les poissons et fruits de mer, qui propose un menu sympa en promotion (crise oblige). Je me sens enfin un peu mieux à la fin de cette journée qui a été un échec pour moi. Mais je sens aussi la pression monter car ma deuxième rencontre dans quelques jours avec un serial killer au Texas ne doit pas connaître la même issue. Le lendemain matin, lever aux aurores pour lire mes mails ainsi que les dernières nouvelles sur le site du Troisième Œil. Nous décidons de sauter le petit-déjeuner bourré de sucre et de graisse du « Quality Inn ». Une longue route sous la neige nous attend pour atteindre Liberty, un coin paumé au pied des monts Catskills, tout au nord de l'État de New York, où nous ne sommes pas loin de la frontière avec le Canada. Pour me réconforter, les bulletins d'infos annoncent qu'il n'a pas fait aussi froid dans l'État de New York depuis près de vingt ans ! Et je sais qu'il va falloir encore une fois que je tourne en extérieur pour des plans raccord. Une perspective glaçante… Le centre-ville de Liberty comporte deux rues qui se croisent, un point c'est tout. Pas de trottoir, juste un chemin qui longe la route principale. Un drapeau américain est complètement figé par la glace, des stalactites pendant à la hampe. J'ai rendez-vous avec l'ex-inspecteur Donald Palmer du New York Police Department qui a dirigé toute l'enquête sur le cas de Joseph Baldi. Plus de trente-cinq ans de carrière comme flic et d'innombrables affaires telles que le « Fils de Sam » David Berkowitz. Je m'installe au « Liberty Diner » qui paraît sortir tout droit d'une carte postale de l'Amérique profonde. Les serveuses hésitent entre le troisième âge et l'adolescence boutonneuse. Les clients ont tous des têtes de chasseurs, avec une casquette vissée sur le crâne, tandis que leurs compagnes sont uniformément obèses. Tout semble vieux et comme figé dans le temps, le contraste avec Manhattan est frappant. Quelques instants de répit pour commander du café et de quoi nous restaurer. Donald Palmer et son épouse arrivent. Tous les deux se déplacent à l'aide de déambulateurs, l'ex-inspecteur m'explique qu'il a failli perdre ses jambes à cause du diabète. Sa mémoire de l'affaire Baldi est tout simplement prodigieuse. Dès les premiers crimes commis dans le Queens, il est certain d'avoir affaire à un tueur en série, contre l'avis de ses supérieurs. À chaque fois, l'agresseur s'est introduit par une fenêtre entrouverte au rez-de-chaussée de maisons ou d'appartements d'un périmètre très réduit du quartier. Pour grimper par la fenêtre, le meurtrier s'est aidé d'une caisse à bouteilles de lait que le livreur a pour habitude de déposer devant le domicile de ses clients. Jamais l'assassin n'a violé ses victimes, même s'il a parfois éjaculé sur les lieux. Les jeunes femmes ont presque toutes été sauvagement poignardées à la poitrine, et nulle part ailleurs. Celles qui ont survécu dépeignent un homme costaud et de très grande taille. Il n'y a aucun indice sur place, pas d'arme du crime. L'individu découpe parfois les sous-vêtements de ses victimes après les avoir tuées et il emporte des soutiens-gorge ou des petites culottes. Pour Donald Palmer, les soupçons se portent sur Joseph Baldi lorsque celui-ci tire sur un policier lors d'un cambriolage nocturne. Sa silhouette correspond au mystérieux agresseur de jeunes femmes et il habite près des rues où toutes les agressions se sont déroulées. Mieux encore, la fenêtre de sa chambre donne sur l'arrière de la maison d'une des victimes qu'il pouvait observer à loisir. La fouille de son domicile révèle une arme à feu et plusieurs couteaux, mais c'est surtout le matériel pornographique qui confirme les soupçons de l'inspecteur Palmer. Les revues contiennent uniquement des photos de seins dénudés et toutes ces poitrines ont été tailladées à l'aide d'une pointe. Lorsque le policier interroge Baldi sur les meurtres, ce dernier semble plonger dans une sorte de transe. Il tombe par terre et est pris de convulsions. Quand il se relève, Donald Palmer le laisse agir librement, ce qui est contraire aux habitudes policières, mais l'inspecteur a l'intuition qu'il va se passer quelque chose. Joseph Baldi s'empare d'un stylo qu'il tient comme un couteau et, sans un mot, se dirige vers une caisse en bois qui contient des archives. Il la pousse contre un mur, grimpe dessus et, devant la fenêtre du commissariat, il mime les gestes de quelqu'un qui poignarde frénétiquement une personne. Palmer sait que Joseph Baldi vient d'« avouer ». L'ex-inspecteur me confie que le tueur est très certainement encore vierge à ce jour. Nous quittons Liberty en milieu d'après-midi pour l'aéroport de Newark et un vol à 19 h 30 sur Continental Airlines : arrivée à Houston, vers minuit. Le gigantesque aéroport est désert à cette heure et il nous faut une heure pour traverser la mégalopole texane de quatre millions d'habitants qui semble beaucoup moins moche la nuit qu'en plein jour. Dès le lendemain matin, je dois me plonger dans une des plus célèbres affaires de crimes en série que l'Amérique ait jamais connues. Les meurtres accompagnés d'abominables tortures de vingt-sept adolescents…

Stéphane Bourgoin explore les archives
de la Houston Public Library.

« The Houston Mass Murders »

Dean Arnold Corll, surnommé « The Candy Man » parce qu'il distribue des bonbons aux enfants déshérités de son quartier de Pasadena (Texas), est un tueur en série homosexuel et sadique qui, avec ses deux complices Elmer Wayne Henley et David Owen Brooks, a torturé et assassiné vingt-sept adolescents à Houston au début des années 1970. Né à Waynedale, un faubourg de Fort Wayne, dans l'Indiana, le 24 décembre 1939, Corll dans sa jeunesse est marqué par les disputes permanentes de ses parents. Sévèrement puni ou ignoré par son père, il devient l'archétype du « petit garçon à sa maman ». En 1954, sa mère divorce une seconde fois de son époux pour se remarier et déménager au Texas. Elle crée une fabrique de confiserie où Dean Corll, âgé de 15 ans, travaille parfois jusqu'à douze heures par jour. Engagé dans l'armée malgré un souffle au cœur, Corll y découvre son homosexualité, avant de quitter les rangs au bout de dix mois à cause des demandes réitérées de sa mère qui affirme qu'elle a besoin de ses services pour diriger l'entreprise familiale. La confiserie de Houston bat de l'aile en 1968, au point que Dean Corll accepte un poste d'électricien testeur à la Houston Lighting & Power Company, à Pasadena. Agé de 30 ans, Corll fréquente assidûment des ados du quartier déshérité blanc de « The Heights », à Houston. Personne ne se méfie car Corll présente bien, fait toujours preuve d'une exquise politesse et a un emploi régulier. En fait, Dean Corll donne entre 5 et 10 dollars aux jeunes garçons pour du sexe tarifé. Et, dans ce quartier pauvre, il ne manque pas de volontaires. Pour éviter de se faire remarquer, Corll déménage souvent. Pour appâter les ados, il propose du shit et de la colle à sniffer. Lorsque les jeunes tombent dans les vapes, il les viole après les avoir ligotés. Le sexe SM ne lui suffit bientôt plus. Corll recrute d'abord David Brooks, qui est son amant depuis qu'il a 8 ans, et Elmer Wayne Henley, âgé de 15 ans, pour lui fournir des victimes. Dean offre 200 dollars par jeune homme (voire plus, s'ils sont à son goût). David Brooks reçoit même une luxueuse voiture en échange de ses services, tandis que Henley est payé une première fois, mais ne le sera plus jamais par la suite. Cette emprise de Corll sur Henley est très curieuse puisque le trentenaire et l'ado chevelu à la dérive n'ont pas de relations sexuelles. Il est facile pour Brooks et Henley d'aborder des jeunes qui leur ressemblent. D'après les aveux de Brooks, Corll tue pour la première fois en 1970.

La méthode d'approche est presque toujours identique. Brooks ou Henley proposent aux ados une soirée d'alcool et de drogue. Lorsque la victime potentielle arrive chez Corll, elle fume du shit ou sniffe de la colle. Elmer Wayne Henley, qui est petit et très mince, lui montre un tour de magie avec des menottes. Henley enfile les bracelets autour de ses mains, avant de les retirer grâce au faible diamètre de ses poignets. Il demande au jeune homme d'essayer à son tour. Naturellement, il est pris au piège. Corll et ses complices le bâillonnent et lui ligotent les chevilles. Puis Dean l'attache à une planche en bois dur de 2,40 mètres de haut sur 1 mètre de large. Des ouvertures permettent d'y fixer des cordelettes et des menottes. Brooks et Henley quittent les lieux, laissant Corll seul avec le prisonnier. Les premières fois, les deux complices croient que leur mentor vend les jeunes hommes à un réseau de prostitution. La découverte d'un cadavre menotté sur la planche leur ouvre les yeux sur les intentions réelles de Dean. Pourquoi continuent-ils à lui fournir des ados, puisque ni Brooks ni Henley ne vivent chez Corll ? Les menace-t-il ? Ont-ils pris goût à la chose ? Les victimes restent en vie pendant trois jours, sans eau ni nourriture, soumises à des viols répétés avec ou sans objets, ainsi qu'à d'abominables tortures, avant de finir étranglées ou tuées d'une balle dans la tête. Brooks n'admet sa participation à aucun des vingt-sept meurtres, même s'il déclare être parfois présent, tandis que Henley avoue avoir lui-même assassiné sept victimes. Tous les deux aident Corll à se débarrasser des corps en les enterrant.

Pendant deux ans, de nombreux avis de disparition émanant de ce même quartier sont ignorés par la police de Houston qui classe les dossiers comme des fugues. Le 7 août 1973, Henley accompagne une jeune fille de 15 ans (qui est l'ex-petite amie d'une victime de Corll) jusqu'au domicile de Dean, ainsi qu'un autre adolescent. Henley envisage de quitter le Texas avec elle le lendemain afin de refaire sa vie, mais Corll est furieux de cette présence féminine. Malgré tout, il leur offre à boire et leur fait sniffer de la peinture acrylique. Quand Henley s'éveille, c'est pour se retrouver dans une situation familière, sauf que c'est lui qui joue le rôle de la victime. Il est attaché nu à la planche en bois et Corll menace de tuer tout le monde « après s'être amusé ». Henley parvient à convaincre Dean de le détacher et lui promet qu'il va violer la jeune fille pendant que son mentor pourra sodomiser l'adolescent. Corll détache Henley et les deux hommes vont dans la chambre à coucher où les deux victimes potentielles sont encore plongées dans un état comateux. Lorsque Dean se prépare à violer le jeune garçon, Henley s'empare du pistolet calibre .22 qui se trouve sur la table de nuit et il abat son compagnon de six balles. Ensuite, il téléphone en pleurs à la police de Pasadena pour les prévenir.

Après avoir avoué le meurtre de Corll, Henley indique qu'il y a d'autres victimes. Quelques heures plus tard, il conduit les policiers vers un garage à bateaux des faubourgs de Houston. Là, dans l'espace réduit du hangar 11, les enquêteurs déterrent dix-sept corps enveloppés dans des bâches en plastique et recouverts de chaux. Plusieurs cadavres sont émasculés et les parties génitales portent des marques de dents. Les aveux de l'adolescent de 17 ans impliquent David Owen Brooks, 18 ans, qui finit par avouer. Les deux anciens complices conduisent les autorités vers deux nouveaux sites : six corps sont mis au jour sur une plage de Mile Island et quatre autres sur les rives de Sam Rayburn Lake Reservoir. En juillet 1974, Elmer Wayne Henley est condamné pour six meurtres à six peines de prison de 99 ans chacune, soit un nombre total de 594 années de prison. Le 5 mars 1975, David Owen Brooks écope pour sa part de 99 années de réclusion pour l'assassinat de William Lawrence, 15 ans. Rejugé en appel à Corpus Christi, le 27 juin 1979, Henley écope de la même peine. Depuis 1983, il peut bénéficier d'une hypothétique libération conditionnelle, mais toutes ses demandes ont été rejetées à l'unanimité par les autorités du Texas. Quarante-huit heures après son décès, Dean Corll est enterré avec les honneurs militaires au cimetière de Grand View Memorial Park alors que ses vingt-sept victimes reposent encore dans une chambre froide.

Une visite aux « Heights »

Le samedi 17 janvier 2009, après une courte nuit de repos, direction la bibliothèque. Dans la Houston Public Library, la température est (enfin) clémente : une vingtaine de degrés ; en 24 heures, nous sommes passés de – 20° à + 27° ! Dans cette ville ultramoderne sans âme ni piéton, le bâtiment a l'aspect réjouissant d'un édifice ancien de 1926, mélange de boiseries intérieures et de vastes salles de marbre. La bibliothèque elle-même est magnifique avec d'immenses rayonnages et de longues tables de bois massif ciré. Je suis accueilli avec le sourire par un employé fan de films français et du réalisateur François Ozon. Les microfilms et coupures de presse des journaux locaux sont prêts, et je me plonge dans leur lecture. À partir du 9 août 1973, l'affaire des « Houston Mass Murders » ne quitte plus la une du *Houston Post* qui lui consacre des pages entières. Je suis frappé par le fait que les journalistes et photographes de presse ont un libre accès aux lieux ainsi qu'aux principaux concernés. D'incroyables clichés montrent des baigneurs sur la plage, un cornet de glace à la main, à moins d'un mètre de l'endroit où les policiers effectuent des fouilles pour déterrer les cadavres des victimes. Plusieurs articles comportent des interviews prises sur le vif avec Elmer Wayne Henley. Je constate que j'ai bien fait de prendre rendez-vous avec le journaliste George Flynn. C'est lui signe les papiers les plus importants dans le *Houston Post*. Il est mon guide pour le reste de la journée, avec son look de gentleman british à l'exquise politcssc. Au volant de sa voiture, George Flynn me fait visiter le quartier de « The Heights » à Houston. Au début des années 1970, c'est un endroit où vivent uniquement des familles blanches défavorisées. L'alcool et la drogue y circulent à flots parmi les jeunes ados désœuvrés du quartier. Quarante ans plus tard, les lieux sont restés à l'identique, certaines des maisons n'ont pas été réhabilitées, d'autres ont été retapées par de jeunes couples plus fortunés que les habitants d'origine. Beaucoup d'Hispaniques et quelques Noirs y ont apporté une certaine mixité sociale. L'ancienne confiserie de la famille Corll n'existe plus, elle est devenue un terrain vague. Nous passons devant l'intersection de Studewood et 11th Street, où Henley a abordé sa première victime « offerte » à Dean Corll. À dix minutes de là, 27th Street, la rue où habitait la famille Henley. George Flynn me montre les différentes adresses des victimes du trio meurtrier. Je suis stupéfait de constater que presque toutes les victimes vivaient à moins de quinze minutes à pied de la maison d'Elmer Wayne Henley et que la mère d'un des adolescents tués loge toujours à moins de cent mètres de l'ancienne demeure des Henley ! Nous discutons avec quelques voisins qui se souviennent très bien de l'affaire. Un Hispanique, au look d'ancien membre de gang, me raconte que ses parents lui faisaient peur avec l'histoire de l'ogre qui kidnappait les enfants afin de l'obliger à rester sur ses gardes sur les aires de jeux. Nous nous décidons à sonner à la porte de l'ancienne maison du tueur en série. Un couple souriant nous accueille, ils nous avaient déjà repérés en train de discuter devant leur domicile. Quand ils ont acheté la maison, l'agent immobilier les a prévenus de l'identité des anciens propriétaires. Les lieux ont été complètement refaits, mais ils me montrent un ultime vestige de l'époque, la baignoire à pieds où Elmer Wayne Henley avait coutume de faire sa toilette. Je me dis que c'est peut-être là qu'il effaçait les « traces » de ses crimes. Lorsque le propriétaire actuel a cassé les murs de l'ancienne chambre de Henley, il a découvert toute une série de pin-ups découpées dans des magazines que l'adolescent avait cachées derrière le papier peint. Il me montre celle qu'il a conservée. Tout ce qu'il reste des rêves et fantasmes d'un adolescent de 15 ans. George Flynn évoque le malaise qui s'est emparé de Houston lors de la découverte de cette série de meurtres en 1973. Les habitants ont eu du mal à comprendre comment vingt-sept adolescents ont pu ainsi s'évanouir dans la nature sans que la police se préoccupe le moins du monde de leur disparition. Je m'étonne qu'une telle affaire ait eu si peu de retentissement par la suite. Trois livres parus peu de temps après, mais aucun traitement de fond, ni documentaire, ni téléfilm ! Comme moi, George Flynn estime que la nature homosexuelle des crimes y est pour beaucoup, surtout dans un État aussi conservateur que le Texas. Certains accusant même à demi-mot les victimes d'être « complices » de leur sort funeste.

Une victime identifiée trent-sept ans après les faits

Dimanche 18 janvier. Nous nous rendons dans un faubourg de Houston pour rencontrer Donna Lovreck, la sœur d'un adolescent disparu en 1971. Randall Lee Harvey est parti en vélo un soir pour se rendre à son travail de pompiste dans une station-service des « Heights ». Jusqu'en 2008, il est toujours considéré comme « disparu », sans que son corps ait pu être identifié parmi les vingt-sept adolescents retrouvés enterrés en août 1973. À l'époque, Donna et la famille Harvey ont pourtant décrit avec précision les vêtements et objets portés par Randall. Un blouson de toile bleu avec l'emblème caractéristique des seventies, le symbole de paix cousu sur une manche et des bottes de cow-boy à bouts pointus. Rien n'y fait.

Courant 2007, le docteur Sharon Derrick, chef du département de médecine légale du comté de Harris, décide de mener sa propre enquête pour mettre un nom sur les restes de trois victimes non encore identifiées. Les restes de ML73-3349 sont analysés pour des tests ADN. Le docteur Derrick demande à la police de lui transmettre tous les dossiers des adolescents disparus entre 1970 et 1973. Pendant un an, elle tente de retrouver les familles afin d'effectuer des prélèvements ADN à titre de comparaison. ML73-3349 comporte des concordances génétiques avec les deux sœurs de Randall Harvey, mais ce n'est pas suffisant car l'ADN des restes est trop dégradé. Le logiciel d'un autre laboratoire permet une reconstruction faciale à partir du crâne des restes. Une fois vieilli, le visage de Randall correspond tout à fait au résultat du labo et les fragments vestimentaires ajoutent encore à la certitude du docteur Derrick. En octobre 2008, la nouvelle de l'identification de Randall Lee Harvey devient officielle et les restes sont confiés aux deux sœurs du défunt qui peuvent enfin l'incinérer et disperser les cendres dans le lac Livingston. Quand je rencontre Donna, je sens qu'elle ne s'est jamais remise de la disparition de son frère en 1971. C'est comme si sa vie s'était arrêtée ce jour-là. Depuis, elle survit grâce à des petits boulots et à différentes aides. Donna et sa sœur n'ont même pas pu régler la note des obsèques de leur frère et il a fallu une souscription lancée par un quotidien local pour y subvenir. Les larmes aux yeux, elle me montre un tableau où figurent des coupures de presse sur les obsèques de son frère, son visage reconstitué et vieilli, le peigne qu'il avait sur lui le jour de sa disparition, ainsi que le morceau de manche avec le symbole de paix. Le jour précédent, Donna s'est fait tatouer ce même symbole sur l'une de ses chevilles. Je suis moi aussi profondément ému par son témoignage. Nous quittons Houston par l'autoroute en direction de Palestine, ville voisine de la prison d'Elmer Wayne Henley. Quatre heures de route nous attendent et nous nous arrêtons pour manger et boire en terrasse à « Joe's Crab Shack », un restaurant de poissons et fruits de mer où nous savourons une bière pression par 26° à la mi-janvier. Deux heures plus tard, j'ai un petit pincement lorsque j'aperçois le panneau pour Livingston car c'est là qu'en 2005 j'ai interrogé le tueur en série Tommy Lynn Sells pour un reportage d'« Envoyé Spécial » qui m'était consacré. Après une statue géante du héros texan Sam Houston, nous traversons Huntsville, là où ont lieu toutes les exécutions de l'État du Texas. Dans les quinze prochains jours, six condamnés à mort doivent y recevoir l'injection létale. Le soleil s'est couché lorsque nous atteignons Palestine et un motel tranquille en bord de route. En ce dimanche soir, les rues sont vides et nous jetons notre dévolu sur l'unique restaurant ouvert, un (mauvais) mexicain pendant que se déroule l'une des demi-finales du Superbowl (football américain) sur un écran de télévision. En rentrant, je prépare mon entretien du lendemain avec Henley. La pression monte. J'essaie de ne pas penser à la possibilité d'un nouvel échec après celui de Joseph Baldi à Sing Sing. Le rendez-vous pour l'entretien est fixé à 13 heures, le lundi 19. Franck et Barbara me filment pendant que je prépare mes fiches de questions, assis sur une table de pique-nique en plein soleil. L'employée du motel me pose des questions lorsqu'elle voit la caméra. Je lui explique la raison de ma visite à Palestine et elle m'avoue que son fils est en prison pour avoir tenté de tuer sa propre sœur sous l'emprise de la drogue. Il a tenté de l'étrangler avec du fil de fer barbelé. La conductrice du taxi qui m'emmène à la prison de Michael Unit a aussi une fille derrière les barreaux. Je comprends pourquoi l'État du Texas possède autant d'établissements pénitentiaires...

Au bout d'une demi-heure, voilà Michael Unit, ses miradors et ses barbelés. Devant l'entrée des visiteurs, un distributeur automatique de Dr Pepper, après tout nous sommes en Amérique. Alors que nous nous déchaussons pour les premières fouilles des gardiens, nous recevons un choc. Le directeur adjoint affirme qu'il n'a aucune trace d'une autorisation de visite de notre équipe prévue pour ce jour ! Apparemment, les autorités du Texas

Department of Corrections ont oublié de transmettre les diverses formalités réglées depuis plusieurs jours à Paris. Nous sommes effondrés car, en plus, le lundi 19 janvier est férié aux États-Unis avec le Martin Luther's Day, et le lendemain doit se tenir l'intronisation de Barack Obama. Au bout de dix minutes d'attente anxieuse, le directeur revient pour nous dire qu'il a trouvé trace du mail. Ouf, mais nous sommes plutôt secoués.

En fait, c'est un mal pour un bien, car le lieutenant et le directeur adjoint sont tellement gênés qu'ils nous autorisent à filmer tout ce qui est d'ordinaire interdit dans les prisons texanes : l'extérieur des bâtiments, les couloirs, les miradors et mon entrée dans la salle des visiteurs ainsi que l'arrivée d'Elmer Henley. Le détenu n'est plus ce mince adolescent frêle et chevelu de 1973. Il est devenu un homme costaud qui a dû pratiquer la musculation et a perdu tous ses cheveux. Dès le départ, le contact est facile. Henley est intelligent, ses réponses sont claires et franches. Quand je lui demande pourquoi il a accepté le principe de cet entretien alors qu'il refuse toute demande depuis une quinzaine d'années, il m'explique qu'il cherchc lui-même des réponses à certaines questions le concernant et qu'il désire « éviter l'apparition de nouveaux Wayne Henley ». Il insiste beaucoup pour que je l'appelle par son second prénom, Wayne, et non pas Elmer ou Henley. J'ai une petite frayeur au bout de cinq minutes quand il me déclare tout de go ne pas « vouloir parler en détail des meurtres ». Des meurtres et non pas de « ses meurtres ». Pendant quelques instants, je crains de me retrouver dans la même impasse qu'à Sing Sing avec Joseph Baldi. Mais Henley affirme qu'il a bien participé aux enlèvements d'adolescents à Houston. Au bout de quelques jours, Henley découvre un corps et sait quel est le sort des victimes de Corll. Il me raconte avoir été payé la première fois par Dean Corll, puis ne plus avoir reçu d'argent par la suite. Lorsque je lui pose la question, Henley avoue ne pas comprendre pourquoi il a continué à fournir des jeunes garçons, et je pense qu'il s'interroge à ce sujet. Est-il tombé sous l'emprise de Dean Corll ? Henley admet que Corll ne l'a jamais menacé et qu'il n'a jamais habité chez lui : il a donc tout loisir de s'enfuir et de dénoncer son mentor dès le premier crime. A-t-il vu en ce trentenaire une figure paternelle ? A-t-il pris du plaisir à tuer à son tour des victimes plus faibles que lui ? S'est-il enfin senti maître de sa propre existence ? Le mystère reste entier, même pour Henley. Je garde pour la fin de l'entretien une question difficile, j'ai une copie des aveux détaillés de Henley, signés de sa main, le 9 août 1973. Je lui lis des extraits : « J'en ai tué plusieurs moi-même avec le pistolet de Dean et je l'ai aidé à en étrangler d'autres. Charles Cobble, je l'ai tué avec l'arme de Dean. Marty Jones, c'est Dean et moi qui l'avons étranglé, je n'y arrivais pas tout seul. Nous avons tué Marty Lawrence à trois avec David Brooks. J'ai abattu Johnny Delome. Et les deux frères, Donald et Jerry Waldrop. J'ai tiré sur Homer Garcia. Nous avons étranglé Frank Aguirre. » Je lui demande si tout ce qui figure dans ce document est exact. Wayne me dit que oui, tout est vrai. C'est la première fois depuis ses aveux de 1973 qu'il reconnaît ses meurtres, qu'il y ait une caméra ou non. L'entretien a été passionnant mais épuisant ; mon soulagement est intense. Nous décidons de nous offrir la bière de la détente. Hélas, le seul bar situé juste en dehors des limites de la prison n'offre que des sodas. Le propriétaire et deux de ses clients, des serial fumeurs, sont une caricature du Texan péquenot tel qu'on peut le voir au cinéma. La peau parcheminée par le soleil, des casquettes publicitaires vissées sur le crâne, vêtus de jeans et de T-shirts crasseux, ils se révèlent conformes au cliché en étant de farouches partisans de la peine de mort lorsqu'ils apprennent la raison de ma visite à la prison. Quand je les quitte dix minutes plus tard, j'ai réussi le tour de force de convaincre deux d'entre eux que la peine de mort n'était pas une bonne solution. Je leur explique qu'elle coûte dix fois plus cher que de garder un détenu à vie. Autre argument massue, le fait que plusieurs condamnés m'ont déclaré préférer une mort par exécution à la mort lente d'une perpétuité réelle. Plutôt que de rester à Palestine, nous rentrons directement à Houston pour nous restaurer dans un excellent restaurant japonais proche de notre hôtel.

Le lendemain matin, je rencontre le docteur Sharon Derrick qui a identifié les restes de Randall Lee Harvey et qui cherche toujours les noms des deux dernières victimes de Dean Corll. Nous vivons un moment très émouvant lorsqu'elle déballe avec soin les vêtements et objets appartenant aux deux dernières victimes. Une épouvantable odeur s'en échappe, Sharon Derrick nous explique que c'est la moisissure. Ensuite, direction le Pasadena Police Department qui est en train de déménager le jour même dans des locaux flambants neufs. Nous y rencontrons l'inspecteur David Mullican, chargé de l'affaire des « Houston Mass Murders » en 1973. C'est lui qui a fait avouer Henley et a mené toutes les recherches pour déterrer les corps des victimes. Massif, costaud, avec ses grosses bagues, sa chaîne en or, son blazer bleu marine et ses lunettes d'aviateur, un attaché-case à la main, il fait très « porte-flingue » mafieux ou pourrait jouer le rôle d'un cow-boy dans un western aux côtés de John Wayne. Très sympathique, il connaît le cas sur le bout des doigts et a même vécu deux ans à La Rochelle où est né l'un de ses fils. Son attaché-case est rempli de photos ayant trait à l'affaire Corll-Henley.

À notre demande, les policiers ont fouillé leurs archives et l'un d'eux nous apporte la planche à torture de Dean Corll. C'est la première fois qu'elle est de sortie depuis le procès de 1974. Lorsque l'agent l'adosse à un mur, un lourd silence s'instaure. C'est sur cette planche, où les liens et les menottes sont encore en place, que vingt-sept adolescents ont trouvé la mort dans d'atroces souffrances. David Mullican nous détaille certaines des tortures. Les ados sont violés pendant trois jours avec un énorme godemichet et/ou par Dean Corll qui ne leur donne ni eau ni nourriture. Le tortionnaire possède une petite mallette qui contient des cathéters de verre qu'il enfonce dans le pénis de ses victimes, pour ensuite briser ces mêmes tiges à l'intérieur. Lorsque les deux frères Jerry et Donald Waldrop sont attachés en même temps sur la planche, Corll promet la vie sauve à celui des deux qui parviendra à tuer son frère. Ils ont chacun un bras libre, l'autre étant menotté, et ils vont se frapper mutuellement toute une journée. Les deux frères sont toujours vivants lorsque Corll revient le soir pour les abattre.

L'ex-inspecteur nous emmène voir la maison de Dean Corll sur Lamar Drive, puis nous guide vers l'ancien hangar à bateaux qui existe toujours, mais qui sert à présent d'entrepôt pour des sociétés. Le propriétaire actuel nous autorise à visiter les lieux. Je me rends compte à quel point le hangar 11 est petit et étroit. J'ai du mal à imaginer que dix-sept corps ont pu y être enterrés. Dave Mullican nous raconte la chaleur infernale qui régnait en ce mois d'août 1973 pendant les deux journées de fouilles. L'odeur était tellement pestilentielle qu'il a dû jeter tous ses vêtements par la suite : plusieurs lavages ne lui ont pas permis d'évacuer toutes les odeurs de décomposition. Il m'explique un fait intéressant. Dean Corll a enterré les premiers cadavres près du mur du fond, ce qui indique qu'il avait prémédité d'autres assassinats, afin de laisser toute la place nécessaire pour stocker de nouvelles victimes. Par contre, le meurtrier en série a commis une erreur en enveloppant les corps dans des bâches en plastique car la chaux n'a pas pu agir pour accélérer la décomposition.

Pour le dernier jour, en ce vendredi 14 janvier 2009, nous visitons le cimetière de Pasadena à la recherche de la tombe de Dean Corll. Le lieu est immense et nous ne pouvons pas demander son emplacement aux gardiens car l'autorisation d'y tourner nous a été refusée quelques jours plus tôt. Nous arpentons les allées en cachant la caméra dans mon sac à dos. Il fait très chaud et, au bout d'une heure, nous trouvons la plaque. À plusieurs reprises, des gardiens sont venus nous demander si nous étions perdus. C'est la pause déjeuner et nous sommes enfin seuls pour tourner ce qui nous semble soit un bon début soit une fin pour notre histoire.

Nous filons ensuite à la mairie de Houston pour rencontrer Andy Kahan du Crime Victims Office qui est à l'origine d'un projet de loi fédérale visant à faire interdire les sites de « Murderabilia » qui vendent aux enchères des objets ayant appartenu aux tueurs en série. Il nous montre une poupée Jeffrey Dahmer qui s'ouvre sur des viscères, des horloges à l'effigie de Ted Bundy ou de John Wayne Gacy, des rognures d'ongles et des mèches de cheveux de Douglas Clark et de Charles Manson avec un certificat d'origine… L'objet le plus sordide de sa collection : une page de revue qui montre une femme dénudée avec une tache censée être le sperme séché d'un violeur et tueur en série. Les peintures d'Elmer Wayne Henley (qui ont fait l'objet de plusieurs expositions), de John Wayne Gacy ou de Danny Rolling (« L'Éventreur de Gainesville ») atteignent plusieurs milliers de dollars sur le Net et certains ont même vendu en flacons des mottes de terre arrachées à la tombe de Dean Corll.

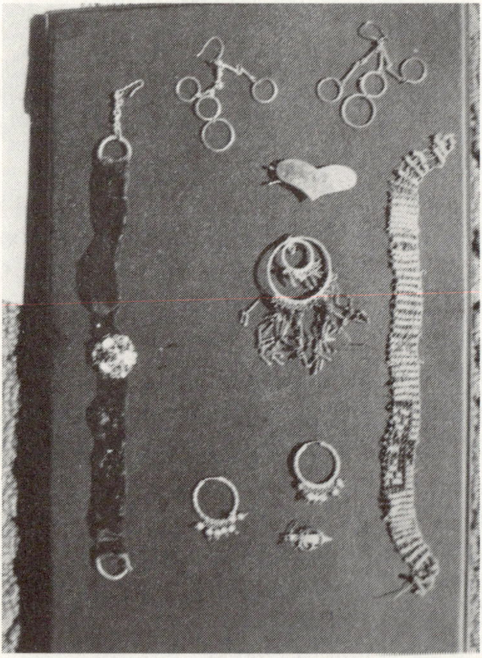

Bijoux appartenant aux victimes
du tueur en série Gerard Schaefer.

Dans les pas du pire serial killer de tous les temps

En novembre 1991, j'ai pu interroger Gerard John Schaefer avec le réalisateur Olivier Raffet, dans le pénitencier de Florida State Prison, à Starke. C'est dans cet établissement que se déroulent toutes les exécutions de l'État de Floride. Des tueurs en série célèbres, tels que Ted Bundy ou Danny Rolling, y sont passés de vie à trépas. Cet entretien filmé de Schaefer figure sur le DVD, *Serial killers – Enquête sur les tueurs en série*, sorti chez Bach Films en 2010.

À mes yeux, Gerard John Schaefer est un cas unique de cumul des pires perversions et paraphilies dans « l'univers » des tueurs en série. Pour résumer, on pourrait dire qu'il représente le pervers absolu. Vous avez tous entendu parler du cas Schaefer ; certains d'entre vous doivent même avoir déjà eu l'occasion de se documenter sur le sujet, grâce à mon livre *Serial killers – Enquête mondiale sur les tueurs en série*, qui est, à ce jour, la seule source complète de documentation sur l'affaire, avec un ouvrage non traduit d'Yvonne Mason. Curieuse, cette quasi-absence de bibliographie sur un criminel aussi extrême.

Depuis 1979, j'ai rencontré plus de soixante-dix tueurs en série. Chaque interrogatoire est difficile, stressant, usant d'un point de vue psychologique et moral, mais les heures passées en compagnie de Gerard John Schaefer restent parmi les plus marquantes. Dès l'instant où je me suis retrouvé face à lui en 1991, j'ai eu la chair de poule et ma colonne vertébrale s'est crispée. Mon corps et mon esprit ont été l'objet d'une véritable attaque psychique, j'ai été comme submergé par une sorte d'aura maléfique, quelque chose qui reste encore à ce jour totalement inexplicable. Pourtant, j'avais face à moi un homme souriant, d'apparence charmante, et qui se présentait innocent, victime d'une machination diabolique. Au fil des heures, la véritable nature de Schaefer allait se révéler petit à petit. Comme je n'arrivais pas à le faire parler de ses crimes et qu'il se montrait arrogant, je décidai de l'interroger sur ses voisins de cellule du couloir de la mort. Il prétendait être un fin connaisseur de la nature humaine et de sa psychologie. Ses écrits rassemblés sous la forme de plusieurs recueils, *Killer Fiction* (« Journal d'un tueur ») et *Beyond Killer Fiction*, sous couvert de nouvelles de fiction, se présentent en fait comme un catalogue de ses propres perversions et fantasmes. Je lui posai alors des questions sur d'autres tueurs en série qu'il fréquentait régulièrement, tels Ottis Toole, Gerald Stano, Bobby Joe Long ou Ted Bundy. Et, dans la mesure du possible, je ciblais mes interrogations, afin qu'elles coïncident avec les modes opératoires et les rituels de Schaefer. Après cet entretien de 1991, je me suis senti frustré, car je n'ai pas pu rencontrer différents intervenants de l'affaire Schaefer. Pourquoi ? À cette époque, le tueur en série espère encore retrouver la liberté en faisant appel de sa condamnation. Comme la procédure est en cours, le procureur, le juge, les policiers et les témoins craignent de s'exprimer devant la caméra. Parfait manipulateur, Schaefer recueille les aveux d'autres détenus pour les dénoncer aux autorités, espérant ainsi bénéficier de faveurs en retour. Mais à force de jouer l'indic, sa réputation lui vaut d'être attaqué à plusieurs reprises. Par deux fois, des condamnés tentent de le brûler vif. Le 3 décembre 1995, il est poignardé de plusieurs dizaines de coups de couteau et piétiné à mort.

Dix-sept ans plus tard, j'ai enfin la possibilité de combler un manque, en questionnant les principaux intervenants et de me rendre sur tous les lieux importants liés à la vie criminelle de Gerard John Schaefer. Ce voyage de 2008 en Floride, organisé pour les besoins d'un documentaire de 90 minutes, pour la collection « Infrarouge » de France 2, a donné lieu à une véritable enquête sur un cas déjà quelque peu ancien – les crimes se sont déroulés entre 1964 (ou 1966) et 1973, Gerard Schaefer ayant été mis en examen pour double meurtre en mai 1973, jugé en octobre de la même année et assassiné par un codétenu à Starke, dans la prison d'État de Floride, en décembre 1995.

Nous avons retrouvé la maison de la famille Schaefer à Fort Lauderdale et, sur les indications du procureur Robert Stone, qui a mis en examen et poursuivi le tueur, nous sommes allés filmer la mangrove où il commettait ses crimes. Fort Lauderdale (sur la côte est de l'État de Floride, à quelque 50 kilomètres au nord de Miami), pour ceux qui ne connaissent pas, est ce qu'on peut appeler une station balnéaire idyllique : gâtée par la nature, entre autres par le soleil, dédiée aux plaisirs du corps et au farniente – on y voit des joggers arpenter le front de mer immaculé, muret fraîchement repeint de blanc séparant la route de la plage, laquelle plage, tout aussi blanche, s'étire sur des miles et des miles, léchée par un océan Atlantique d'un bleu profond ; les bars, restaurants et boîtes de nuit ne désemplissent pas et laissent s'échapper des musiques bruyantes, bien de notre temps ; au bord des petites piscines turquoises des motels disséminés dans toute la ville, des retraités prennent le soleil, lisent le journal ou travaillent vaguement sur leur ordinateur portable. C'est à Fort Lauderdale que la famille de Schaefer, originaire du Wisconsin, s'est installée en 1960. Il avait 14 ans.

« The Sex Beast »

Surnommé « The Sex Beast », Schaefer n'a été condamné que pour deux meurtres et deux kidnappings, mais les autorités policières et judiciaires l'ont directement impliqué dans la disparition de trente-quatre jeunes femmes. Le procureur Robert Stone qui a assemblé tout le dossier d'instruction à charge estime que Schaefer a probablement tué près d'une centaine de victimes, ce qui paraît confirmé par plusieurs lettres du serial killer adressées à son ex-petite amie Sondra London. Schaefer cumule à lui seul un nombre incroyable de perversions :

– Le voyeurisme : dès l'adolescence, il épie des voisines qui se dénudent depuis la maison de sa mère, Doris Schaefer. Lorsqu'il en parle, en 1963, à sa petite amie de l'époque, elle est frappée par la rage qui s'empare de Schaefer. Pour lui, ces femmes sont des « putes » (« whores »), qui le provoquent pour lui faire perdre sa foi de fervent catholique (il va tous les jours à la messe). Peu de temps après, Leigh, qui habite à deux maisons de la sienne, disparaît mystérieusement. Une autre voisine, qui prend un bain de soleil en bikini, est agressée avec violence. Schaefer tente de la violer, écrit « whore » au rouge à lèvres sur son miroir (une référence au cas du serial killer William Heirens qui fascine Schaefer) et finit par uriner sur son corps.

– Le sadisme : il est omniprésent chez le tueur, dans ses écrits et ses actes. Lors de ses premiers meurtres, il s'attaque à une victime solitaire. Par la suite, il adore kidnapper deux jeunes femmes pour humilier et torturer l'une devant les yeux de l'autre. Les deux survivantes d'un enlèvement ont expliqué qu'il se délectait à leur raconter à l'avance les exactions qu'il allait leur faire subir.

– Le bondage : lors de la fouille de son domicile de Stuart et dans la maison de Doris, à Fort

Lauderdale, on découvre d'innombrables cordes, liens, menottes et dessins de femmes dénudées ligotées avec des nœuds compliqués.

– Le fétichisme : Schaefer garde des « trophées » dérobés à ses victimes. Les enquêteurs trouvent des boucles d'oreilles, des pendentifs, des colliers, des papiers d'identité, des mèches de cheveux et même des dents de plusieurs jeunes femmes.

– L'urophilie : le serial killer fait boire de l'alcool aux jeunes femmes pour les rendre plus corvéables et, surtout, pour les obliger à uriner devant l'objectif de son appareil photo. Il prend aussi plaisir à leur uriner dessus.

– La scatophilie : au moment où il tue ses victimes, leur sphincter se relâche, et elles se vident de leurs matières fécales. Schaefer les sodomise à ce moment-là et il aime à se barbouiller avec ces résidus.

– La météorophilie : cette déviance est l'excitation provoquée par le fait d'être suspendu. Schaefer adore pendre ses victimes et il signe de nombreux textes où il manifeste sa parfaite connaissance des exécutions par pendaison. Dans « Harlots Hang High » (« Les putes pendues haut et court »), il explique comment on pend les prostituées dans l'Angleterre du XVIIe et XVIIIe siècles.

– L'autoérotisme : il se photographie sous tous les angles à l'aide d'un retardateur – en érection, les fesses nues, avec son slip baissé sur les chevilles ou encore ligoté à un arbre.

– Le travestisme : son ex-petite amie Sondra London explique que Schaefer a toujours désiré être une femme. On trouve à son domicile des photos de lui vêtu avec de la lingerie féminine.

– La pornographie : elle est omniprésente dans ses écrits ou dans l'impressionnante collection de revues, notamment de bondage, découverte à son domicile et chez sa mère Doris.

– La zoophilie : adolescent, Schaefer sodomise des animaux et leur tranche la gorge au moment où il jouit. Lorsqu'il voyage en Afrique du Nord en 1970, il aurait donné libre cours à son penchant en la matière. En 1972, quand le tueur travaille comme officier de police sous les ordres du shérif Robert Crowder, qui l'arrête pour le kidnapping de Pamela Sue Wells et Nancy Ellen Trotter, ce dernier découvre que de très nombreux animaux ont été victimes de mutilations sadiques dans le comté de Martin.

– La nécrophilie : le serial killer aime retourner auprès des corps de ses victimes pour les violer post-mortem, quelquefois des semaines, voire des mois plus tard. Ensuite, il mutile les cadavres et les décapite. Dans l'un de ses courriers, Schaefer affirme posséder une malle cachée où il garde de nombreuses têtes de jeunes femmes. Ce coffre n'a jamais été retrouvé.

Un dimanche avec Madame London

Elle est entrée dans l'hôtel une valise rouge à la main. Une grosse valise rigide, d'avant les roulettes. Elle portait aussi un vieil attaché-case en cuir. Elle dépose les deux bagages fatigués au milieu du hall en poussant un gros soupir. On lui donne une soixantaine d'années, des années bien pleines, elle porte des tennis noires, une large jupe de la même couleur et un corsage rouge, aussi rouge que sa bouche amplement maquillée. Elle fait une grimace de lassitude qui s'efface instantanément quand elle m'aperçoit qui sors de l'ascenseur. Nous ne nous sommes rencontrés qu'une fois, à la fin des années 1980 – je suis en contact avec toutes sortes de personnes liées de près ou de loin aux tueurs en série – mais depuis, nous ne nous sommes pas perdus de vue, au point d'échanger de temps à autre des courriels. Sondra London – puisqu'il s'agit d'elle – s'exclame « Stéphaaaane ! » et, immédiatement, on sent qu'elle a besoin de contact, elle semble aux abois, elle dit qu'elle est une femme ruinée, abîmée. En bref : c'est la dèche.

Pourtant, lorsqu'elle ouvrira ses bagages, plus tard, dans la chambre d'un membre de l'équipe de tournage, elle en sortira des documents inouïs, invraisemblables, renversants. D'une grande « valeur ». Elle trimballe des dizaines de dessins d'un tueur en série se trouvant dans un couloir de la mort, ainsi que certains de ses textes et de ses peintures, roulées. Et tout ce qui sort de la valise rouge et de l'attaché-case est à l'avenant.

D'aucuns diront qu'elle exhibe un musée des horreurs portatif, d'autres qu'elle dévoile des pièces témoignant de la psychologie souvent obscure des pires criminels. Chacun y verra ce qu'il voudra. Nous, nous avons été frappés par la précision et l'expressivité de certains des dessins de Danny Rolling qui crache sur le papier de véritables images mentales ; un psy se régalerait à les déchiffrer. Mais le commun des mortels aussi serait en mesure de se faire une opinion en les observant.

Sondra London a souvent été présentée comme la « reine des groupies des serial killers ». On peut dire d'elle qu'elle leur sert occasionnellement de porte-parole. Qu'elle a parfois été un peu loin dans ses apparitions dans les médias, dans la provocation. Elle est tombée « là-dedans » accidentellement, son premier amour s'appelait Gerard Schaefer. En passant toute cette journée du dimanche 11 septembre avec elle – dans une ville et un État dont nous tairons les noms, pour la sécurité de l'intéressée et à sa demande expresse –, nous avons surtout eu en face de nous une femme touchante, sur le déclin, une ex-femme flamboyante aux mains vides. Le contact a été bon. Sondra London a accepté de nous suivre dans un grand café de la ville pour y répondre à mes questions et à celles de Patrick Spica, le journaliste, entretien suivi d'un déjeuner amusant – elle est restée très expressive, parfois tonitruante ! – et nous l'avons quittée vers 22 heures, après avoir pu longuement observer et photographier sa galerie d'œuvres d'art déroutantes.

Personnalité controversée aux États-Unis, Sondra London est victime d'une véritable chasse aux sorcières depuis quelques années. Au contraire d'une Vicky Z., dont nous vous avons parlé à propos de Tommy Lynn Sells, qui est une femme sans le moindre scrupule quant à son exploitation du phénomène des serial killers, Sondra London est quelqu'un de sincère mais qui a aussi – beaucoup trop – donné dans la surenchère médiatique. Invitée dans de nombreux « talk-shows » célèbres avec des animateurs vedettes tels que Geraldo Rivera, Oprah Winfrey ou Larry King, elle les a volontairement provoqués par des déclarations incendiaires et maladroites. Dans un pays où il faut faire scandale pour exister médiatiquement, Sondra London a rempli son rôle d'égérie des tueurs en série. Née en Floride, elle a 16 ans lorsqu'elle croise son premier amour, Gerard Schaefer. Quelques mois plus tard, les deux fiancés se séparent, car Sondra le trouve « trop efféminé » et très bizarre dans ses goûts sexuels. Il veut la photographier pendant qu'elle va aux toilettes.

Bien plus tard, Gerard Schaefer, devenu shérif adjoint, est accusé d'avoir assassiné trente-quatre femmes dont il a disséminé les corps dans les marais de Floride. À son domicile, on découvre des écrits qui décrivent ses crimes présumés, ainsi que des objets et papiers ayant appartenu à des dizaines d'auto-stoppeuses disparues. Condamné à perpétuité, Schaefer purge sa peine dans le pénitencier de Starke où il a Ted Bundy et Ottis Toole comme voisins de cellule. C'est à ce moment-là que Sondra London contacte à nouveau son ex-fiancé. Journaliste indépendante et chanteuse de cabaret à l'occasion, elle décide de publier les écrits insupportables du tueur sous la forme de fanzines. « Media Queen » devient sa marque de fabrique et Sondra continue d'éditer les textes et dessins de condamnés à mort. En 1993, une anthologie *Knockin' on Joe – Voices from Death Row* rassemble un échantillon de ces écrits.

À cette époque, Sondra London agit comme une sorte d'agent artistique de tueurs en série et de condamnés à mort. Elle chante des paroles écrites par Gerard Schaefer qui est assassiné à Starke le 3 décembre 1995. Entre-temps, elle fait la connaissance de plusieurs autres serial killers comme Glen Rogers ou Danny Rolling, surnommé « L'Éventreur de Gainesville » par les médias. En 1996, Sondra London coécrit avec Danny Rolling *The Making of a Serial Killer*, l'autobiographie très complaisante de ce redoutable criminel sexuel qui attend son exécution dans le couloir de la mort de la Floride. Le livre, qui explique les crimes de Danny Rolling par le fait qu'il soit « possédé », contient des illustrations du tueur en série. La sortie de l'ouvrage a déclenché une polémique aux États-Unis et, par voie de justice, l'État de Floride a interdit à Sondra London de toucher des droits d'auteur. Depuis, elle a écrit un livre passionnant sur d'authentiques cas de vampires, *True Vampires* (2004), qui a été traduit en français par l'éditeur Camion Noir.

L'autoportrait de Danny Rolling.

Danny Rolling,
« L'Éventreur de Gainesville »

En ce début août 1990, la jolie cité universitaire de Gainesville en Floride est encore considérée comme l'une des vingt villes les plus agréables à vivre aux États-Unis. Mais bientôt, tous les médias font leur une sur l'atmosphère de terreur qui y règne à cause des meurtres de celui que l'on surnomme « L'Éventreur de Gainesville ». En l'espace de deux semaines à peine, cinq étudiantes sont violées, mutilées et assassinées, ce qui entraîne le départ de plusieurs milliers de personnes du campus.

Il est 16 heures le 26 août 1990 lorsque l'officier de police Ray Barber se rend aux Williamsburg Village Apartments où des parents anxieux sont sans nouvelles de leur fille de 17 ans, Christina Powell. Circonstance aggravante, sa colocataire également âgée de 17 ans, Sonja Larson, ne répond pas non plus aux appels de ses proches. Quand il ouvre la porte, Barber est assailli par une odeur trop familière, il sait que la mort l'attend dans ce duplex. Mais rien ne l'a préparé à la vision d'horreur de ces deux jeunes femmes dénudées, mutilées sexuellement, et positionnées de manière grotesque par l'assassin afin de créer un choc maximal. L'une est allongée sur un lit, les bras au-dessus de la tête, l'autre se trouve au bas de l'escalier du duplex.

Plus d'une vingtaine de policiers du Gainesville Police Department et du bureau du shérif d'Alachua sont bientôt sur place. Parmi eux, Gail Barber, policière comme son mari Ray qui a trouvé les corps. Mais Gail doit bientôt quitter les lieux car elle est de permanence au bureau du shérif du comté d'Alachua. Il est minuit passé et l'employée des archives Christa Leigh Hoyt, 18 ans, n'est pas à son poste. Son absence est inhabituelle et elle ne répond pas au téléphone. Gail Barber qui connaît bien sa collègue décide de se rendre à son domicile pour en avoir le cœur net. Pas de réponse lorsqu'elle frappe à la porte et pourtant le véhicule de Christa est garé devant l'immeuble. Par une fenêtre de l'appartement, Gail Barber aperçoit ce qui semble être un corps nu assis sur le coin du lit. Sa lampe torche révèle que celui-ci est penché en avant, avec une flaque de sang entre les pieds chaussés. Le cadavre de cette femme n'a pas de tête. Celle-ci a été posée sur le rayonnage d'une bibliothèque de la chambre à coucher. Les seins de Christa Hoyt ont été tranchés et placés sur le lit, près de son cadavre décapité. Il est alors 1 heure du matin en ce lundi 27 août 1990.

Un serial killer à Gainesville

Dès le début, les enquêteurs font le lien entre ces trois meurtres. À chaque fois, le meurtrier s'est servi d'un couteau à longue lame, de sparadrap pour ligoter les victimes qui ont été mutilées et le rituel macabre est identique, avec une volonté systématique de choquer les témoins. L'assassin est aussi parti en emportant des trophées, à la fois des sous-vêtements et des parties du corps de ses trois victimes. Les corps ont été lavés avec du savon liquide.

Le lendemain, le mardi 28 août 1990, la panique atteint son comble avec la découverte d'un nouveau double meurtre. Cette fois-ci, il s'agit d'un couple de 23 ans, Manuel Taboada et Tracy Inez Paules qui sont tombés sous les coups de « L'Éventreur de Gainesville ». Autre différence, l'assassin n'a pas commis de mutilations sexuelles, peut-être a-t-il eu peur que la lutte acharnée avec l'athlétique Manuel Taboada, 1,90 mètre et 100 kilos, attire l'attention des voisins de cet immeuble des Gatorwood Apartments. L'enquête de voisinage permet tout de suite d'identifier un ex-locataire connu pour des actes de violence et d'exhibitionnisme. Edward Humphrey possède aussi un couteau qu'il dégaine facilement quand il se bagarre. Bien qu'identifié comme le suspect n° 1 par les médias et la police, les enquêteurs sont incapables de trouver une preuve matérielle qui le lie aux cinq crimes. Incarcéré pour avoir frappé sa grand-mère, Humphrey est condamné en octobre 1990 à vingt-deux mois d'enfermement dans un hôpital psychiatrique. Il est libéré le 18 septembre 1991 mais toujours suspecté par les autorités jusqu'à la condamnation du véritable assassin en 1994.

Pendant que les policiers se focalisent sur Edward Humphrey, un SDF, Danny Harold Rolling, attire l'attention d'une patrouille qui l'a vu en train de se procurer de la drogue. Rolling s'enfuit à travers les bois qui bordent Gainesville mais deux inspecteurs découvrent son campement de fortune près d'Archer Road, non loin de l'immeuble où Christa Hoyt a été tuée. Sous la tente, ils repèrent des objets qui permettront de lier Rolling aux cinq meurtres, mais les policiers n'y prêtent aucune attention car ils se focalisent sur un sac rempli de billets de banque, le butin d'un braquage commis le jour précédent à la First Union National Bank. Quelques heures plus tard, Danny Rolling s'enfuit à bord d'une voiture volée en direction de Tampa où il commet plusieurs cambriolages, tout en laissant de nombreux indices, tels que des empreintes digitales et des cheveux. Son errance se poursuit à Ocala où il tente le braquage à main armée d'un supermarché le 8 septembre 1990. Mais celui-ci échoue et Rolling est arrêté.

Pendant qu'il est sous les verrous, la police de Shreveport, en Louisiane, contacte celle de Gainesville. Des enquêteurs ont noté les similitudes qui existent entre les assassinats de Gainesville et un triple homicide perpétué à Shreveport en novembre 1989. Un mandat d'arrêt pour Danny Harold Rolling a par ailleurs été émis en mai 1990 pour une tentative de meurtre sur son père. L'absence de communication entre services de police est frappante car le tueur de Shreveport a nettoyé l'une des victimes – une femme – avec du savon liquide et l'a placée dans une posture grotesque, à l'image de ce qui s'est passé à Gainesville. Le mode opératoire du tueur de Shreveport et son rituel sont identiques à ceux de « l'Éventreur de Gainesville » selon un rapport du FBI.

Début 1991, les enquêteurs examinent les possessions découvertes sous la tente de Danny Rolling. Son tournevis est la copie conforme de celui qui a servi pour fracturer les appartements de Gainesville, un poil pubien appartient à Christa Hoyt, son ADN est retrouvé sur les trois scènes de crime et une cassette audio contient un message qui fait froid dans le dos : « C'est Danny Harold Rolling sous les étoiles cette nuit. Je vous abandonne car j'ai du boulot à faire. » Le passé tourmenté du tueur présumé émerge bientôt dans la presse.

La création d'un monstre

Lors du procès de Danny pour les assassinats de Gainesville, sa mère, Claudia Rolling, raconte en détail l'enfance et l'adolescence du tueur en série. Elle a 19 ans en 1953 quand elle épouse James Rolling, un officier de police, en Géorgie. Elle se rend compte qu'elle est enceinte de Danny deux semaines plus tard, au grand dam de son mari. Elle le quitte une première fois pendant sa grossesse car il la frappe régulièrement. Elle s'installe chez ses parents à Shreveport, en Louisiane, mais James la rejoint et leur union suit son cours cahin-caha.

La naissance de Danny le 26 mai 1954 n'arrange pas l'humeur de son père. Les hurlements s'enchaînent avec les coups alors que l'enfant ne sait même pas encore marcher. Claudia abandonne à nouveau le domicile familial pour Columbus, en Géorgie, alors que Danny est âgé de 4 ans et que son frère Kevin a 3 ans. Une dispute s'est produite et James a éclaté la lèvre de sa femme. Le couple reste séparé six mois avant que Claudia ne succombe aux promesses de James de se tenir à carreau. Ils se retrouvent à Columbus pendant quatre ans, puis Claudia part à nouveau pour Shreveport. La vie quotidienne des deux garçons est un enfer. La mère s'arrange toujours pour qu'ils aient fini de dîner avant l'arrivée de leur père. Car les repas pris en commun sont l'occasion d'un véritable déluge de remontrances et d'insultes : pourquoi sont-ils mal assis ? Pourquoi tiennent-ils leurs fourchettes ainsi ? Il les oblige même à respirer d'une certaine manière. Les coups de poing pleuvent sur leur tête quand ce n'est pas la ceinture qui cingle leur chair. Et ils n'ont pas le droit de pleurer faute de quoi le châtiment est encore plus impitoyable. C'est Danny qui est la cible préférée de son père, les insultes sont quotidiennes et les séances de punition corporelle interviennent une ou deux fois par semaine. On ne fête jamais les anniversaires des deux garçons.

Danny est encore adolescent lorsqu'il commet sa première tentative de suicide. Il vient d'obtenir un emploi quand James lui ordonne de démissionner car ses notes en classe sont trop mauvaises. Son père commence à le frapper mais il se blesse lorsque son poing fracasse une vitre de la maison. James Rolling part se faire soigner à l'hôpital. Dans la salle de bains, Claudia lit un message inscrit au rouge à lèvres par Danny : « J'ai essayé. Je n'en peux plus. » Danny est parti avec une lame de rasoir pour se trancher les poignets, mais il n'y arrive pas.

Quelques années plus tard, l'officier de police James Rolling fait même enfermer son fils dans une cellule du commissariat pour lui donner une leçon. Le « crime » de Danny ? Il a bu une bière avec un voisin. Danny Rolling a 17 ans lorsqu'il s'engage dans l'US Air Force dont il est renvoyé pour des problèmes de drogue et d'alcool. Il épouse O'Mather Halko en 1974 et il devient le père d'une fillette mais leur union s'achève trois ans plus tard. À 23 ans, Danny est obligé de retourner vivre au domicile familial. L'enfer se poursuit et il part mener une existence de vagabondage et de délinquance. Il est arrêté pour des vols à main armée à Columbus et à Montgomery. Son plus grand regret ? Danny souhaite secrètement se faire tuer lors de ces braquages. Pendant son séjour en prison, il s'évade à deux reprises mais il se fait reprendre aussitôt.

On retrouve sa trace au Mississippi pour de nouveaux vols. Encore une fois condamné, sa mère lui rend visite et le trouve amaigri et proche d'un désespoir total. À sa seconde visite, Danny a complètement changé, il a pris du poids et sa musculature est impressionnante. Il semble s'être fait à sa vie derrière les barreaux. En 1988, il est libéré et retrouve le domicile familial. Danny Rolling a maintenant 34 ans. Il est incapable de garder un emploi, sa plus longue expérience professionnelle dure deux mois. La dernière fois que Claudia Rolling voit son fils, elle sent que quelque chose de terrible va se dérouler entre le père et le fils. Tous les deux sont extrêmement tendus.

Une dispute éclate à nouveau et James s'empare de son arme de service. Danny quitte la maison à toute vitesse avec son père lancé à sa poursuite. Claudia entend trois coups de feu et elle pense que Danny est décédé lorsque James rentre seul à la maison. Ensuite, c'est Danny qui fait sa réapparition, mais Claudia ne voit pas qu'il tient une arme à la main. Elle s'enfuit dans sa chambre à coucher en se couvrant les yeux. À nouveau des coups de feu éclatent. Cinq en tout, suivis du silence. Elle est certaine que James et Danny sont morts. Dans la cuisine, James Rolling est allongé sur le sol la tête ensanglantée. Elle prévient la police. James Rolling survit à sa blessure mais Claudia ne reverra plus son fils Danny pendant les deux années suivantes. Quand elle le croise à nouveau, Danny Rolling est à la prison du comté de Marion pour le braquage de la First Union National Bank. Nous sommes au début de 1991 et il est le suspect principal des meurtres en série de Gainesville.

Le verdict

En septembre 1991, il est condamné à la perpétuité pour ses braquages à main armée et les nombreux cambriolages commis en Floride. Dans l'attente de son procès pour les meurtres de Gainesville, Danny Rolling effectue plusieurs tentatives de suicide. Transféré à la Florida State Prison, il passe son temps à peindre et à écrire et entame une correspondance enflammée avec Sondra London, l'ex-petite amie du serial killer Gerard Schaefer et éditrice de textes de nombreux autres tueurs en série. Lors d'une audience devant le tribunal, Rolling se met à chanter pour proclamer son amour à Sondra London. Rolling et London écrivent ensemble *The Making of a Serial Kille*r, l'autobiographie du tueur qui est illustrée par ses propres dessins. Le 31 janvier 1993, Danny Rolling reconnaît être l'auteur des meurtres de Gainesville et de Shreveport, mais ses aveux se font indirectement par l'entremise de son codétenu Bobby Lewis. Il raconte que son envie de tuer est née de son incarcération au milieu des années 80. Le serial killer rend son père responsable de sa carrière criminelle et il affirme que c'est son double maléfique qu'il appelle « Gemini » qui a commis les meurtres. Or « Gemini » est le nom du meurtrier fictif du film *L'Exorciste III* que Rolling a vu pendant la semaine des assassinats de Gainesville.

Bien qu'ayant plaidé coupable à l'ouverture de son procès, Danny Rolling est condamné à la peine de mort le 20 avril 1994. Après plusieurs appels, il est exécuté par injection létale le 25 octobre 2006. Face aux familles des victimes qui assistent à son exécution, Danny Rolling reste muet et n'exprime aucun remords. Il avoue simplement par écrit le triple meurtre de la famille Grissom à Shreveport.

Depuis son décès, les peintures et dessins de « L'Éventreur de Gainesville » se vendent des milliers de dollars sur le Net. Un roman écrit en prison, *Sicarius*, a été publié en tirage limité en 2002. En 2007, un film *The Gainesville Ripper* a été tourné sur les crimes de Danny Rolling. Comble de l'horreur, la première de ce film se déroule à Gainesville au grand dam des familles de victimes.

Roderick Ferrell et Stéphane Bourgoin en mars 2008.

Entretien avec un vampyre

Double crime à Eustis

Le lundi 25 novembre 1996, le bureau du shérif de Lake County en Floride reçoit un appel d'urgence d'une jeune fille qui donne une adresse sur Greentree Lane, à Eustis, un village rural sité à 50 kilomètres d'Orlando : « Ma mère et mon père ont été tués. Je ne sais pas ce qui s'est passé. Je les ai vus morts depuis la porte d'entrée. Je je ne peux pas entrer. Je suis leur fille.

– Qu'est-ce qui vous fait croire qu'ils sont décédés ? s'enquiert le standardiste.

– Il y a du sang partout. »

L'officier de patrouille Jeff Taylor est le premier à arriver sur les lieux. La spacieuse maison est en retrait de cette route qui se termine en impasse. Pour éviter de polluer la scène de crime avec d'éventuelles traces de pneus, Taylor se gare sur la pelouse. Une adolescente de 17 ans, Jennifer Wendorf, l'attend sur le perron. Elle semble en proie à une crise de nerfs.

L'officier de police, l'arme au poing, commence une fouille des lieux, à la recherche d'un éventuel agresseur. Il pénètre par le garage dont le portail est ouvert, une porte intérieure lui donne accès au corps du bâtiment. Dans le salon, Taylor découvre la première victime, un homme couché sur le divan. Il s'agit de Richard Wendorf, 49 ans. « Ses lunettes étaient brisées. Et son visage ressemblait à un hamburger », explique Jeff Taylor.

Dans le hall d'entrée, la ligne téléphonique a été arrachée. Les chambres à l'étage ont fait l'objet d'une fouille, le contenu des tiroirs a été vidé sur le plancher : on aperçoit des bijoux. Le vol ne paraît pas avoir été le mobile de ces meurtres. Il n'y a personne à l'étage.

Mais ce n'est pas le cas dans la cuisine. Ruth Wendorf, 53 ans, est allongée sur le plancher. Taylor aperçoit un trou béant dans le crâne qui laisse entrevoir son cerveau. Le policier ne s'approche pas et ne touche aucun objet. Il quitte les lieux pour attendre l'arrivée des renforts. En trois ans de service, c'est le premier homicide auquel est confronté Jeff Taylor. Jennifer Wendorf lui indique que sa sœur Heather, 15 ans, aurait dû se trouver sur les lieux et qu'il manque la Ford Explorer de ses parents.

Dans les heures qui suivent, l'inspecteur Al Gussler interroge Jennifer Wendorf au sujet de sa sœur Heather, ainsi que Suzanne LeClaire, professeur au lycée d'Eustis, dont la fille Jeanine est la meilleure amie de Heather Wendorf. Un peu plus tôt dans la soirée, Jeanine LeClaire a raconté à sa mère que Heather avait prévu de fuguer en compagnie d'amis de son âge. Lorsque Suzanne tente de prévenir les parents Wendorf, elle réalise que leur ligne téléphonique ne fonctionne plus. C'est en se rendant sur place qu'elle aperçoit tous ces véhicules de police garés devant la maison des Wendorf.

Jennifer Wendorf et Suzanne LeClaire expliquent à l'inspecteur la forte influence qu'exerce un certain Rod Ferrell, âgé de 16 ans, sur Heather et Jeanine dont il est l'ex-petit ami. Ferrell a vécu à Eustis avant de s'installer un an auparavant à Murray, dans le Kentucky, avec sa mère célibataire, Sondra Gibson. Deux jours plus tôt, Ferrell et trois de ses amis de Murray, Scott Anderson, 16 ans, Dana Cooper et Charity Keesee, sont arrivés à Eustis. Apparemment, le quatuor ne fait que passer pour se rendre à La Nouvelle-Orléans, leur destination finale. Jeanine LeClaire et Heather Wendorf avaient parlé d'abandonner leurs domiciles familiaux respectifs pour les rejoindre. Heather était depuis longtemps en contact avec Rod Ferrell avec qui elle discutait tous les jours de longues heures au téléphone. Cette fugue était planifiée, mais l'arrivée imprévue de Ferrell a eu pour effet de précipiter les choses. Rod leur indique que c'est maintenant ou jamais.

Le portrait dressé par ces deux témoins ne donne pas une image flatteuse de Rod Ferrell. Toujours habillé de noir, les cheveux longs teints en noir et de longs ongles de la même couleur, il se présente avec un « look » gothique. Son intérêt pour les sciences occultes et le satanisme n'en fait pas un gendre idéal aux yeux de Suzanne LeClaire. Les policiers de Lake County contactent ceux de Murray, dans le Kentucky. Rod est connu de leurs services et devait se présenter le jour même devant un tribunal pour avoir pénétré par effraction dans un refuge animalier où il a torturé et massacré plusieurs chiots. Ce n'est d'ailleurs pas la première fois qu'il est soupçonné de tels actes de cruauté envers les animaux.

L'enquête ne fait que démarrer, mais il apparaît de plus en plus évident que Rod Ferrell et son groupe sont les suspects principaux. Il reste une inconnue : quel est le rôle joué par Heather Wendorf ? Est-elle déjà morte ? Ou encore vivante, kidnappée par Rod et ses sbires ? Se peut-il qu'elle soit l'inspiratrice de ce double assassinat ? Les policiers de Lake County et le shérif de Murray pensent que les fuyards se dirigent vers Murray, dans le Kentucky. L'inspecteur Gussler et des agents prennent la route pour cette ville. Mais, quelques heures plus tard, Charles Frazier du bureau du shérif de Seminole County, en Floride, leur communique une piste qui les emmène dans une direction opposée à celle du Kentucky. Le soir du 26 novembre, il découvre une Buick de couleur rouge abandonnée en bord de route. La plaque d'immatriculation correspond à celle de la Ford Explorer des époux Wendorf. Par contre, le numéro d'identification du moteur montre qu'elle appartient à un certain Howard

Anderson, domicilié à Murray dans le Kentucky. Le véhicule est habituellement conduit par la mère de Scott Anderson, le meilleur ami de Rod Ferrell. L'échange des plaques d'immatriculation, destiné à créer la confusion chez les policiers, a en fait consolidé leur conviction profonde.

Le mercredi 27 novembre, les autorités de Lake County apprennent de nouvelles informations sur les agissements de Rod Ferrell et de Scott Anderson à Murray. Les deux adolescents font partie d'un « Vampyre Clan » dirigé par Steven Murphy, âgé de 18 ans. Les membres de ce groupuscule sont tous habillés de noir, ils portent les cheveux longs, arborent des piercings et sont adeptes de scarifications. Ils échangent leur sang pour le boire lors des cérémonies nocturnes qui se tiennent dans un cimetière local et un « Vampyre Hotel », un édifice abandonné dans les bois de Murray. Murphy s'est baptisé lui-même avec du sang pour devenir « Jaden ». C'est Jaden qui « transforme » Rod Ferrell d'humain en vampire lors d'une cérémonie nocturne dans un cimetière. Jaden devient le « sire » de Rod qui prend l'identité vampirique de « Vesago ». Ensuite, c'est Scott Anderson qui adopte le nouveau nom de « Nosferatu ». Mais l'amitié qui lie Rod Ferrell à Steven Murphy va être brisée par une dispute et des échanges de coups. Pour « Jaden », le vampirisme est un jeu de rôle qu'il intellectualise, tandis que « Vesago » croit fermement à ses rites de passage. Rod Ferrell fracasse ainsi le crâne d'un chat contre un tronc d'arbre et il est suspecté par les autorités de

Murray d'avoir torturé de nombreux autres animaux. Steven Murphy est furieux de ces actes et il est emprisonné brièvement pour avoir frappé Rod Ferrell. La mère de Ferrell, Sondra Gibson, qui a initié son fils aux jeux de rôle, a aussi envenimé la situation entre les deux ex-amis. À plusieurs reprises, elle a envoyé des lettres d'amour explicites à Steven Murphy, puis à son jeune frère de 14 ans, Josh. La nuit qui précède leur départ de Murray pour Eustis, Rod Ferrell et Scott Anderson se sont disputés en public avec Steven Murphy dans un fast food.

Les enquêteurs pistent les fugitifs jusqu'à un magasin de la chaîne Wal-Mart et une station-service le mardi 26 novembre. Ils ont utilisé la carte de crédit volée au domicile des Wendorf, le reçu est même signé « Richard Wendorf ». Ferrell et sa clique ne se dirigent pas vers le Kentucky, mais plutôt le long de la côte en direction de la Louisiane. Le jour de Thanksgiving, le bureau du shérif de Lake County reçoit un appel de la grand-mère de Charity Keesee, la petite amie de Rod Ferrell. Elle les informe que le groupe va s'installer dans un motcl dc Baton Rouge, en Louisiane, mais elle ignore le nom de l'établissement.

Des agents de police du Baton Rouge Police Department sont envoyés à tous les hôtels et motels locaux pour repérer la Ford Explorer de couleur bleue volée au domicile des Wendorf. C'est l'officier de police James Welbourne qui aperçoit le véhicule se garer sur le parking d'un motel de la chaîne Howard Johnson. Il voit deux jeunes femmes se diriger vers la réception, tandis que trois autres personnes restent dans l'Explorer, Rod Ferrell, Scott Anderson et Heather Wendorf. Welbourne appelle des renforts avant de s'approcher des trois adolescents. Ils ne sont pas menaçants et ne cherchent pas à s'enfuir. « D'après mes observations, il était évident que Ferrell dirigeait le groupe. Il était très calme, alors que les deux autres faisaient preuve d'une grande nervosité. Ils étaient même effrayés et ils jetaient de fréquents coups d'œil à Ferrell, dans l'attente de ses instructions. Je dois avouer que Ferrell était impressionnant et même intimidant. C'est la raison pour laquelle j'ai tout de suite appelé des renforts. »

À l'arrivée d'autres véhicules de patrouille, Welbourne pose une question à Heather : « Est-ce que vos parents ne s'inquiètent pas pour vous ? ». La jeune fille devient presque hystérique et elle tremble de tous ses membres. Une fouille des véhicules permet de découvrir une seule arme, un couteau appartenant à Scott Anderson. Les suspects sont séparés car l'agent de police James Welbourne se rend compte que les membres du groupe cherchent à tout prix à échanger un regard avec Rod Ferrell.

L'interrogatoire

Vendredi 29 novembre 1996. Il est un peu plus de minuit lorsque Rod Ferrell s'asseoit dans la salle d'interrogatoire vidéo du commissariat de Baton Rouge. Le décor est minimaliste. Une table, quelques chaises, des murs et un plafond blanc éclairés par la lumière blafarde d'un néon. Ses interlocuteurs sont le sergent Odom et les inspecteurs Dewey et Moran. Rod Ferrell est habillé de noir, ses longs ongles peints de la même couleur. Son visage est marqué par les traces de griffures de Ruth Wendorf. Il est blanc comme un linge et paraît épuisé, comme drainé de toute énergie vitale. Calme, il semble résigné à son sort. Ses réponses sont à peine chuchotées, même si, parfois, sa voix donne dans le solennel et la vantardise de ses actes, comme un ultime défi aux autorités.

« Okay, Rod, déclare le sergent Odom. Vous êtes en état d'arrestation et vous êtes considéré comme un fugitif par le bureau du shérif de Lake County.

– Oui.

– Vous avez quel niveau d'études ?

– Le lycée.

– Vous savez lire et écrire ?

– J'ai accumulé plus de connaissances que vous ne pouvez l'imaginer.

– Je comprends.

– La raison pour laquelle j'ai fait cette connerie… »

Ferrell s'interrompt et Odom lui demande s'il a déjà pris des substances interdites.

« Oui.

– Ok. Vous souffrez d'une maladie mentale ? Vous voyez un psychiatre ?

– Je voyais un psychiatre. Je n'ai jamais compris pourquoi. Je ne lui ai jamais prêté la moindre attention.

– Qui vous a obligé à en voir un ? Vos parents ?

– L'école, le bureau du shérif, ma mère. En fait, presque toute la ville. Bon, j'ai accepté de vous parler à condition que je puisse voir Che (Charity Keesee).

– Ok, ce n'est pas un problème.

– Ce n'est pas à cause de toute cette merde. C'est parce que la vie ne m'intéresse plus du tout, à présent. La mienne, en particulier.

– Peut-être que vous dites ça mais vous êtes encore jeune. Vous avez encore toute la vie devant vous.

– Che et moi, on s'est rencontrés il y a onze mois, on est fiancés et elle est enceinte de moi (note de l'auteur : en fait, elle ne l'était pas). Je lui ai dit que je voulais l'embarquer avec moi dans ce voyage à la con, que j'en avais ras le bol de Murray et de tous ses flics qui m'emmerdaient pour quelque chose que je n'ai jamais fait. Désolé, si je dis du mal de vos collègues.

– Ce n'est pas grave. Je comprends.

– J'ai rassemblé tout le monde, Che Keesee, Dana Cooper et Scott Anderson, et on est partis à bord de cette Skyhawk rouge. On est allé retrouver les frères de Scott parce qu'il était supposé les reconduire cette nuit-là. J'ai dit à Che d'aller les voir pour leur dire qu'on avait été kidnappés par Steven Murphy, alias "Jaden". Après ça, on s'est cassés de Murray, ça nous a pris une journée pour arriver à Eustis. Je suis allé dire bonjour à quelques potes, avant de passer chez Jeanine LeClaire, qui est la meilleure amie de Zoey, vous la connaissez sous le nom de Heather.

– Jeanine LeClaire ?

– C'est mon ex-petite amie. Elle voulait que je l'embarque avec nous. »

Le lundi, Ferrell contacte Zoey/Heather car elle souhaite aussi être du voyage. Le lendemain, le véhicule est arrêté par un policier qui vérifie leurs papiers. Tout est en ordre et ils peuvent repartir, mais cet incident leur fait peur. Ils décident de quitter Eustis le soir même. Ferrell s'arrête pour téléphoner à Heather et à Jeanine pour qu'elles viennent le rejoindre, une fois la nuit tombée.

Ils se rendent ensuite au domicile des Wendorf, où Heather les retrouve une heure après le coucher du soleil. Heather, Che et Dana Cooper prennent la Skylark de la mère de Scott Anderson pour aller chez le petit ami de Heather. Rod et Scott restent seuls devant le domicile des Wendorf.

« Dès qu'ils sont partis, nous avons remonté l'allée jusqu'à la maison, explique Ferrell. On a fait le tour pour voir ce qui se passait à l'intérieur. Aucune des portes n'était fermée à clef. Nous sommes entrés par le garage, à la recherche d'objets spécifiques.

– Quelles sortes d'objets spécifiques ? Des armes ?

– Ouais, c'est ça. C'est tout ce que je cherchais. Des armes, de la bouffe et du fric. Il y avait une porte au fond du garage qui donnait accès à la baraque. Sa mère prenait une douche à l'étage, son père était allongé sur le canapé en train de dormir. J'ai fouillé un peu partout pour trouver un truc à boire car j'étais mort de soif. Scott me suivait comme un petit chiot paumé et avant que sa mère ne sorte de la douche, je suis allé près de son père pour lui éclater la tronche jusqu'à ce qu'il arrête de respirer. Donc, oui, je reconnais le meurtre.

– Ok.

– En fait, ça lui a pris une vingtaine de putains de minutes pour crever, je vous jure, c'était pas croyable. J'ai cru qu'il était immortel ou quoi !

– Et vous l'avez frappé avec quoi ?

– Un pied de biche. Je voulais utiliser une machette ou une tronçonneuse, mais ça aurait été trop sanglant, trop dégoûtant.

– Un pied de biche, cela fait aussi pas mal de dégâts, vous savez.

– Non, j'ai juste eu cette minuscule tache de sang sur moi, ça m'a d'ailleurs étonné. Après, je l'ai retourné pour fouiller ses poches et lui prendre son fric et sa carte Discover. Deux minutes plus tard, je l'ai remis en place quand sa mère s'est pointée, une tasse de café brûlant à la main qu'elle m'a balancé à la figure. En me demandant, ce que je faisais. Elle devait croire qu'on était des cambrioleurs.

– Elle n'avait pas encore aperçu son mari ?

– Non, j'avais fait en sorte qu'elle ne le voit pas. Je ne voulais pas qu'elle perde les pédales. Elle m'a regardé droit dans les yeux : "Qu'est-ce que vous voulez ?" À ce moment-là, la situation était très claire, j'avais du sang sur moi et un pied de biche à la main. Je m'apprêtais à lui répondre : "Ouais, je veux juste boire une tasse de café avec toi, espèce de salope." Et c'est là qu'elle m'a sauté dessus, toutes griffes dehors. En fait, j'étais décidé à lui laisser la vie sauve, mais après ça, j'ai pris le pied de biche comme un poignard pour lui en asséner des coups à l'arrière du crâne. Lorsqu'elle a lâché prise pour s'effondrer par terre, j'ai continué à la frapper encore et encore, jusqu'à ce que je voie sa cervelle s'étaler sur le sol. Elle m'avait vraiment mis en colère. C'est comme ça que j'ai eu tout ça (il montre les traces de griffures).

– Elle vous a griffé ?

– Elle m'a griffé, encore et encore, et elle a balancé sa saloperie de café bouillant sur moi. ça m'a foutu en putain de rogne !

– Ok.

– Bon, je me suis assuré qu'elle était bien morte. Ensuite, j'ai fouillé la baraque à la recherche de clefs de voiture et de cash. Je me suis demandé si je n'allais pas attendre la sœur de Zoey, puis je me suis dis, non, ça vaut pas la peine. Qu'elle rentre donc chez elle, qu'elle pète les plombs et qu'elle téléphone aux flics, et c'est bien ce qu'elle a fait. Dans la chambre à coucher des parents, j'ai trouvé les clefs de l'Explorer, puis je suis tranquillement allé dehors pour voir ce qui se passait.

– Où était Scott pendant tout ce temps ?

– Oh, mon Dieu, il était complètement figé. Il n'avait jamais vu personne se faire tuer auparavant, alors qu'il n'arrêtait pas de me bassiner qu'il allait les tuer. En fait, il n'a été qu'un complice. Bon, après, nous sommes allés chez Jeanine pour récupérer les filles. J'avais peur d'être suivi. Scott était très nerveux et elle (Heather Wendorf) a dû comprendre qu'il était arrivé quelque chose à ses parents. Elle a flippé pendant 150 kilomètres environ.

– Heather ?

– Ouais, pour nous, c'est Zoey. Elle me voit comme une sorte de père ou quelqu'un comme ça.

– Qu'est-ce que vous avez emporté de la maison des Wendorf ?

– Le collier de perles de la mère. Il pendait au cou d'un ours en peluche. Le couteau de son père.

– Ce couteau, il était toujours dans la voiture ?

– Ah, c'est Zoey qui l'a pris parce que c'était celui de son père et qu'elle voulait le garder comme un souvenir, je suppose.

– Et vous alliez où, avec l'Explorer ?

– Vous voulez dire, après la Floride ? La Nouvelle Orléans. On s'est même fait stopper par des flics, là-bas. Pendant ce foutu voyage, on s'est fait arrêter cinq fois et, à chaque fois, on nous a laissé repartir. Jusqu'à ce motel, ici.

– Pourquoi avez-vous laissé une des filles passer ce coup de fil ? Qui a téléphoné à sa grand-mère ? Au Dakota du Sud ?

– Ouais, c'était Che. Elle flippait un max et elle est la seule chose qui m'intéresse encore dans ce monde, donc.

– Bingo ! l'interrompt l'inspecteur Moran. C'est ce coup de fil qui nous a permis de vous localiser.

– Oh, je m'en doute. À ce moment-là, je leur ai dit, il faut vite quitter la ville, mais ils ne m'ont pas écouté. Personne n'écoute jamais le chef.

– Vous alliez où ? demande le sergent Odom.

– Aucune idée et je m'en foutais.

– Vous n'aviez vraiment aucun plan ?

– Je voulais juste trouver une grande forêt. Et puis me débarrasser de cette putain de bagnole, dans un putain de lac pour me dégotter du gibier dans cette putain de forêt, et survivre ainsi. (Une pause) C'est ses grands-parents qui nous ont dénoncés ?

– Ah, je n'en suis pas sûr. Vous aviez déjà discuté entre vous de ces meurtres avant cette journée ? Avec quelqu'un en particulier ?

– On n'y a jamais pensé, à l'exception des dix minutes qui ont précédé.

– Donc ce n'était pas prémédité, jusqu'à votre arrivée sur les lieux ?

– Ce n'était pas prémédité. C'était forcément spontané, parce que si vous planifiez un tel acte, on est à la merci d'une indiscrétion et ça finit par se savoir.

– Connaissiez-vous les parents de Zoey ?

– C'était la première fois que je les voyais, ce soir-là, et je me suis même trompé de maison au départ. Je n'y ai tué personne car j'ai aperçu des enfants qui jouaient, et ça, c'est ma règle, je ne tue personne d'aussi jeune. Les adultes, ce n'est pas un problème, à partir de 16 ans et plus.

– Avez-vous pensé rester chez les Wendorf pour attendre Jeanine LeClaire ?

– Non. En plus, Scott voulait jeter les corps dans la piscine et je pensais que c'était une idée de malade et non.

– Dana, Zoey et Che n'ont pas participé aux meurtres ?

– Ces trois-là, on pourrait dire qu'elles ont été kidnappées par mes soins.

– Mais elles vous ont suivi volontairement ?

– Che n'avait pas le choix. Je lui ai dit que sinon je l'emmènerais de force en l'attachant. Dana a suivi Che parce qu'elle avait peur pour Che. Zoey, c'était quelque chose dont nous avions discuté depuis plus d'un an. Si je revenais à Eustis, il était prévu qu'elle m'accompagne avec son amie Jeanine. J'avais pas mal de potes à La Nouvelle-Orléans, qui était notre destination finale. Et si Che n'avait pas flippé, c'est là que nous serions.

– Rod, vous avez déclaré que Scott n'avait jamais assisté à un meurtre auparavant ? demande l'inspecteur Dewey. Et vous ?

– J'ai vu des meurtres pendant toute mon existence. Et depuis l'âge de 5 ans, parce que mon grand-père ne s'est jamais fait prendre.

– Vous avez été témoin de plusieurs meurtres ? insiste Dewey.

– Il fait partie d'un groupe qui s'appelle “Black Mask”. À 5 ans, ils m'ont choisi pour être le Gardien du “Black Mask”. Le Gardien doit s'unir au reste du groupe. En d'autres termes, j'ai été violé. Et ils doivent sacrifier un être humain en hommage au Gardien. C'est ce qu'ils ont fait devant moi.

– Et c'était où ?

– À Murray.

– Pour vous, c'est une secte ?

– Ouais… je n'en ai jamais fait partie.

– Vous êtes un dur à cuire ?

– Deux choses me dérangent : ce qui m'est arrivé à l'âge de 5 ans et le fait que je ne reverrai plus jamais Che après ça. Toute ma vie, j'ai fréquenté des gangs, des sectes, et toute cette merde, j'ai été témoin de meurtres et de vente de drogue.

– Je ne faisais que poser la question, Rod.

– Tuer fait partie de la nature humaine et du monde animal, mais les humains sont de loin les pires prédateurs.

– Quel âge a Che ?

– Seize… et elle se trimballe avec mon fils dans le ventre. Elle est enceinte de deux mois. Comme on dit, la merde n'arrive pas qu'aux autres.

– Eh bien, Rod, je ne vais pas vous mentir car vous savez ce que vous avez fait.

– C'est simple. Je suis cuit.

– Les officiers de Lake County sont en route.

– Est-ce possible pour quelqu'un de mon âge d'écoper de la peine de mort ?

– Cela dépend. Je ne connais pas les lois en Floride. Dans notre État, dès que vous avez 16 ans, vous pouvez être jugé comme un adulte, et vous êtes donc passible des mêmes condamnations.

– C'est sûr qu'en tant qu'adulte, j'aurai la peine de mort. Mais j'espérais, vu mon âge…

– Pour être honnête avec vous, je pense que c'est un procès où vous risquez la peine de mort.

– Ouais, bon voilà. (Il éclate de rire.) Désolé, mais c'est juste une vaste plaisanterie. Ma vie est comme un rêve. On m'a volé mon enfance à 5 ans. Je ne sais plus si je dors ou si je rêve. En fait, je vais peut-être me réveiller d'ici cinq minutes.

– Rod, je peux vous affirmer que ce n'est pas un rêve. »

Un second interrogatoire filmé se déroule le même jour, une dizaine d'heures plus tard, cette fois en présence de deux inspecteurs du bureau du shérif de Lake County, Al Gussler et Wayne Longo, ce dernier est celui qui pose la majorité des questions. J'ai volontairement omis des passages où les questions et les réponses sont similaires à celles du premier interrogatoire.

« Nous sommes le 29 novembre 1996 et il est 17 h 38. Pouvez-vous décliner votre identité complète, monsieur ?

– Roderick Justin Ferrell.

– Vous devez vous doutez de la raison de notre présence cet après-midi ?

– Ouais.

– Et quelle est-elle ?

– Laissez-moi deviner, les assassinats des parents de Heather Wendorf.

– Vous connaissez leurs prénoms ?

– Euh, non.

– Rod, vous avez encore vos parents ?

– Ma mère, Sondra Gibson et mon père biologique, Rick Allen Ferrell, mon beau-père, Darren Breven, et mon deuxième beau-père, Kyle Newman.

– Vous êtes d'accord pour nous parler sans qu'ils soient présents ?

– Je m'en fous.

– C'est juste pour savoir si vous êtes à l'aise pour nous parler.

– De toute façon, ma vie est foutue, alors.

– De quoi parliez-vous avec Heather lorsque vous étiez au cimetière ? Avez-vous discuté de ses parents et est-ce qu'elle vous a demandé de les tuer ?

– Pendant toute cette année, j'ai dû le dire une fois, sur le ton de la plaisanterie, mais je n'ai jamais pensé que je le ferais un jour.

– Elle déclare que vous en avez parlé à plusieurs reprises. Est-ce exact ?

– Elle ne me l'a jamais demandé directement. Du style, s'il te plaît, tue mes parents.

– Alors, comment faisait-elle pour vous en parler ?

– C'était du genre, si jamais mes vieux avaient un accident, ce serait plus facile pour moi de mettre les voiles. Des choses comme ça.

– Vous en avez reparlé au cimetière ?

– Je lui ai juste demandé si elle était toujours sûre de vouloir partir parce que cela faisait un an qu'on ne s'était plus rencontrés, qu'elle avait maintenant un petit ami régulier et que ça marchait bien à l'école pour elle. Sa vie paraissait plutôt ok.

– Rien sur le fait de vouloir faire du mal à ses parents ?

– Rien au sujet de leur mort, juste l'envie de partir.

– Scott savait ce que vous alliez faire en allant à la maison des Wendorf ?

– J'avais dit aux trois filles que nous les retrouverions chez Jeanine. Elles ont demandé comment on ferait puisqu'elles avaient la voiture. J'ai répondu qu'on marcherait. Scott venait avec moi parce que je lui en avais parlé un peu plus tôt dans la journée. Je l'avais pris à part parce que je croyais savoir comment les parents de Heather allaient réagir à son départ. Je ne voulais pas me faire prendre et je lui ai demandé ce qu'il pensait de l'idée de se débarrasser de quelqu'un. Pas de problème, m'a-t-il dit. Là, on a décidé de se rendre à la maison pour les ligoter, au minimum. Je n'avais pas prévu de les battre à mort.

– Et les trois filles, elles savaient ce que vous alliez faire à la maison ?

– Non, je ne leur ai rien dit parce que je voulais les tenir à l'écart de tout ça.

– Les coupures que vous avez sur vos bras, elles proviennent des meurtres ?

– Non, c'est de l'automutilation. Une douleur physique pour dépasser le mental. C'est le moment où vous passez de l'humain pour devenir un vampire. Vous vous coupez, vous les laissez boire votre sang, votre sang coule maintenant dans leurs veines. Votre sang s'infecte et vous buvez ensuite le leur pour vous purifier. On se nourrit des humains.

– Vous faites ça ?

– Tout le temps. Vous savez, le suicide n'a jamais marché pour moi. Et là, j'espère être jugé comme un adulte pour être électrocuté.

– Vous souhaitez mourir ?

– Oh, oui, bien sûr.

– Rod, vous avez déclaré qu'au moment où vous avez frappé Mr. Wendorf, vous avez ressenti, comment dire, je cherche le terme exact…

– Comme une poussée d'adrénaline.

– C'est ça, oui. Ok.

– De sentir que vous prenez une vie, c'est devenir un dieu l'espace d'une fraction de seconde. Et c'est ce que j'ai éprouvé l'espace d'une minute environ. Mais si j'étais devenu un dieu, je ne serais pas ici, face à vous, n'est-ce pas ?

– Combien de fois l'avez-vous frappé ?

– Peut-être une cinquantaine de fois.

– Pour les deux ? En tout ?

– Cinquante pour lui. Au total. Elle, ça a été une trentaine de coups. Lui, c'était des coups vraiment très violents parce que son visage était comme un masque en caoutchouc. Il n'était pas réel. Sa tête à elle, sa cervelle, elle coulait hors de son crâne.

– Et Scott, il vous a aidé ? Il a tenté de vous arrêter ?

– Il a juste regardé en souriant.

– Alors, il a aussi pris du plaisir, c'est ça ? Ce genre de sourire ?

– Il était comme un gosse heureux de se retrouver dans un parc d'attractions pour la première fois. Je le sais, parce qu'au moment où elle m'a sauté dessus, et que j'ai commencé à la frapper, j'ai regardé Scotty. J'ai continué, boum, boum, pour m'assurer qu'elle ne se redresse pas, cette enfoirée, une vraie petite salope. Et aussi, parce qu'elle m'avait jeté son café et griffé le visage. Je ne peux pas dire que j'étais très content. Voilà pourquoi on voyait sa cervelle s'écouler de son crâne, et pas pour lui.

– Ok.

– D'habitude, je suis quelqu'un de gentil, sauf si on me cherche.

– Vous voulez ajouter quelque chose ? Je crois que l'on a fait le tour de la question.

– J'ai une question pour vous autres ?

– Allez-y.

– Vous croyez sérieusement que je suis foutu ?

– C'est difficile à dire. Impossible de prévoir le système judiciaire.

– Moi, je crois que je suis foutu. »

Rencontre avec « Vesago », le vampyre

Lorsque je rencontre Roderick Ferrell en mars 2008, il est incarcéré depuis douze ans à la Florida State Prison, proche de la ville de Starke en Floride. Starke possède une rue principale où habitent les employés de l'administration pénitentiaire des différents établissements carcéraux. C'est aussi un lieu célèbre de rassemblement de « bikers » qui font vrombir leurs Harley-Davidson une fois par an pendant près d'une semaine. Je m'y suis rendu à de nombreuses reprises depuis 1990, notamment pour des rencontres avec Gerard Schaefer, Gerald Stano, Danny Rolling ou Ottis Toole. Et je ne manque jamais d'aller chez « Cowboys », un excellent bar et restaurant tenu par un couple de motards. Les bières y sont servies dans des « mugs » épais en verre glacés : un vrai régal surtout après des rencontres avec des serial killers.

Ce jour de mars 2008, l'ambiance est sombre en Floride, il tombe des cordes et le ciel zébré d'éclairs est couleur de deuil. L'entretien avec le vampire d'Eustis se déroule avec force coups de tonnerre. Dès qu'il pénètre dans la salle, Rod Ferrell semble se glisser vers moi, ses pieds ne font aucun bruit, ses mains sont immobiles et il a les traits figés, c'est à peine s'il me regarde. J'ai beaucoup de mal à croiser son regard. Il n'a plus cette attitude provocatrice qu'on lui connaissait lors des premiers interrogatoires de police et de ses comparutions judiciaires, où il est fier de lui, effectue des grimaces et tire la langue de manière obscène lorsque des journalistes l'interpellent.

« Mon père Rick a quitté ma mère à peine une semaine ou deux après ma naissance. Je ne l'ai rencontré pour la première fois qu'à l'âge de 8 ans. Il a tenté de redevenir un père, mais ça n'a pas marché. Au bout d'un an, un an et demi, il est parti à nouveau et je ne l'ai plus jamais revu avant le début de mon procès. Depuis ma condamnation, Rick a refusé toute forme de contact avec moi. Il m'a complètement rejeté.

« Ma mère Sondra Gibson n'a jamais été une "vraie" mère pour moi, elle a plutôt endossée le rôle d'une amie. Elle a fait beaucoup d'erreurs mais les choses ont toujours été difficiles pour elle, notamment parce qu'elle n'était encore qu'une adolescente lorsque je suis né. J'ai presque toujours été livré à moi-même, sans qu'elle me serve de guide dans mon éducation. Elle a même quelquefois été jusqu'à flirter avec mes amis pendant mon adolescence. Je lui avais pourtant demandé de ne pas le faire : c'était peut-être sa façon à elle de se rapprocher de moi. Sondra s'est beaucoup entichée de Josh, le frère de Steven Murphy, qui était un membre important de notre groupe. Ma mère était très instable, elle n'a jamais été capable d'avoir un emploi fixe ou une relation stable avec un homme ; nous avons aussi beaucoup déménagé. Elle vient toujours me rendre visite, surtout depuis qu'elle habite à Bellevue, en Floride, où elle s'est installée pour être plus proche de moi. Elle m'avait placé chez mes grands-parents pour pouvoir sortir avec de nombreux hommes. À un moment donné, elle m'a carrément abandonné pour se marier et vivre au Michigan.

« En fait, j'ai surtout été élevé par mes grands-parents, mon grand-père possédait une forte personnalité, il était très autoritaire. Tous les deux sont membres d'une congrégation pentecôtiste. J'avais presque 6 ans lorsque nous sommes partis à la pêche avec mon grand-père et ses amis. Et j'ai été abusé par l'un d'eux. Quelques années plus tôt, j'avais déjà été maltraité par la compagne de mon père Rick lorsque j'avais 2 ou 3 ans. Elle m'avait pincé violemment la chair et tordu les membres. Je n'en ai gardé aucun souvenir précis, juste que je ne l'aimais pas, et c'est ma mère qui m'a raconté tout cela. »

Je sais par Ferrell que ses grands-parents et sa mère, Sondra Gibson, n'accepteront pas de me parler. Je décide de leur rendre une visite surprise, le soir venu. Dans cette ruelle tranquille de Bellevue, ils ont à peine le temps de se reprendre que je suis déjà dans le salon. Affalée sur un divan défoncé, je reconnais la mère de Ferrell. Elle est loin de l'image rayonnante des années d'adolescence de son fils. Ils acceptent de me parler. Partout, des portraits de Rod enfant ou bébé, mais aucune image de son adolescence « vampirique ». Tout est vieillot et poussiéreux dans cette maison, l'atmosphère est puritaine et je me sens très mal à l'aise. Sondra Gibson reconnaît ses torts dans la dérive meurtrière de son fils. Elle n'a pas su l'élever, me dit-elle.

Cette discussion est difficile et je n'ai qu'une hâte, c'est de quitter au plus vite cet endroit glauque et malsain.

« Adolescent, on m'a aussi forcé à assister à des messes noires, m'explique Ferrell. Il y en a eu deux sortes, celles de la Satanic Church d'Anton LaVey qui repose plus sur le dogme et la religion que la croyance. L'autre type de célébrations sataniques est plus secret, plus caché, les groupes de croyants ne se désignent pas sous un nom précis, même si j'ai entendu plusieurs fois le nom de "Black Mask". Ils sont plus puritains et croient aux vieilles traditions, comme les sacrifices et les rituels du sang. J'ai participé à plusieurs rites, comme celui du Gardien, avec des initiations par des mantras et du sang versé. Cela s'est passé au Kentucky et j'avais 6 ans environ.

« Ma mère est une pratiquante de la magie blanche, Wicca, mais elle s'est également intéressée aux croyances des Indiens d'Amérique ou au catholicisme. Elle m'a encouragé à embrasser toutes les formes de spiritualité, jusqu'à ce que je me plonge dans les forces les plus obscures. C'est à 13 ans que j'ai commencé à m'initier à la magie noire. À l'époque, j'étais à Eustis, en Floride. Un camarade de classe m'a prêté plusieurs grimoires où l'on apprenait à vendre son âme au Diable, à adorer d'anciens démons et à acquérir toutes sortes de pouvoirs sur terre. Cela m'a beaucoup intrigué et je me suis totalement immergé dans cette nouvelle religion. Je croyais fermement à tout ce que je lisais, mon cerveau étant encore très malléable, à cet âge là. Vers 15 ans, on m'a offert le *Necronomicon*, soi-disant écrit par H.P. Lovecraft. J'en ai lu trois versions différentes, mais je dois vous avouer que je n'y ai pas cru. C'est à 16 ans que j'ai perdu tout contrôle, que je n'ai plus eu de limites. Je me souviens d'un moment précis, celui où j'ai détruit un objet ancien auquel ma grand-mère tenait énormément. Et cela, sans la moindre raison. J'étais devenu très violent. À Eustis, j'ai aussi lancé un poignard en direction de ma mère. Il a manqué de peu sa tête, mais c'était un simple avertissement. Elle a voulu aussi détruire tout le décor que j'avais construit dans ma chambre, un autel, des tentures noires, des peintures, des sculptures que j'avais élaborées avec de la cire et du verre brisé. »

Quand je lui demande s'il croit encore aux forces obscures, Rod Ferrell me répond : « Je crois qu'il existe toutes sortes de forces dans notre monde. Les forces du Bien et du Mal. Oui, je crois toujours à des puissances supérieures qui nous gouvernent. »

« Et les drogues, vous avez démarré à quel âge ?

– Vers 11 ans avec la marijuana. À 13 ans, cela a été l'acide et le PCP. Ensuite, l'héroïne et la cocaïne à 16 ans environ. En fait, toute l'année 1996, j'ai été sous influence médicamenteuse, le Prozac, ou des drogues dures.

– Les actes de cruauté envers les animaux, c'était au Kentucky ou en Floride ?

– C'est mon ami Steven Murphy qui m'a accusé d'avoir tué un chat sous ses yeux. Au Kentucky, les policiers locaux pensent que j'ai massacré des animaux dans un refuge animalier, mais je n'ai pas pu commettre cet acte car j'étais avec une vingtaine de personnes à ce moment-là. En fait, le shérif Stan Scott voulait se débarrasser de moi à cause de la mauvaise influence que j'exerçais sur les jeunes gens de la ville. Le groupe que je dirigeais était, il est vrai, responsable d'actes criminels, de vandalismes et de débauches que nous commettions tous les jours à Murray.

– Vous étiez nombreux ?

– Environ cent cinquante. Nous avions entre 13 et 35 ans. À cette époque, j'étais à fond dans les mythes du vampire, des sacrifices rituels basés sur du sang. Le vampirisme se mêlait à mes croyances autour de la réincarnation. "Passer de l'autre côté", franchir la barrière ne ressemblait en rien aux chroniques vampiriques d'Ann Rice, c'était plutôt une transition spirituelle. Et cette transition servait à réveiller votre âme pour vous permettre de vous réincarner. Les rassemblements dans les cimetières étaient destinés à créer un effet dramatique, mais nous avions d'autres lieux, notamment le "Vampyre Hotel" et des forêts du Kentucky. On se coupait les avant-bras pour échanger notre sang et le boire. Certains le faisaient avec des lames de rasoir, moi, je préférais me servir d'une dague de cérémonie pour faire une incision dans le cou. C'était comme une "renaissance".

« À l'époque, j'ai eu des conflits avec Steven Murphy qui se terminaient quelquefois en bagarre. Je le trouvais beaucoup trop faible pour diriger notre groupe et il a fini par partir. Je me sentais beaucoup plus puissant que lui et j'étais prêt à le prouver à tout le monde. J'étais prêt à aller jusqu'au bout. À l'époque, j'étais Vesago, le neuvième prince de l'Enfer. J'en ai changé l'orthographe pour y mettre le V du vampire.

« En 1996, je vivais totalement dans le moment présent, je n'envisageais pas du tout mon avenir. »

Roderick Ferrell a le crâne rasé et il renvoie l'image d'un adolescent qui n'a pas grandi. Ses lèvres sont toujours pincées, il a du mal à me regarder droit dans les yeux. Ses mains restent croisées pendant tout l'entretien. Il ne manifeste aucune émotion, ses traits sont figés. Le seul moment où il se sent concerné, c'est lorsqu'il me parle de sa relation avec Charity Keesee et de l'enfant qu'il aurait aimé avoir avec elle. À cet instant, sa voix tremble. Il manifeste aussi une brève colère à l'égard de Zoey/Heather Wendorf : Rod ne comprend pas pourquoi les autorités judiciaires ne l'ont pas poursuivie. Le « Vampire d'Eustis » est fermé comme une huître, il est lisse et sans aspérité. J'avoue qu'il me met mal à l'aise, sa froideur et son manque de communication sont déstabilisants.

« Lorsque vous vous êtes rendus à la maison des Wendorf, vous étiez juste accompagné de Scott Anderson ?

– C’est exact. J’avais envoyé les trois filles chez le petit ami de Heather pour qu’elle fasse ses adieux.

– Vous y êtes allés avec des gourdins ?

– Vous savez, c’était plutôt pour nous protéger. Dans le coin, les gens sont des “rednecks”. Ils ont presque tous des chiens et des armes. À ce moment-là, je voulais simplement voler un véhicule pour nous permettre d’aller jusqu’à La Nouvelle-Orléans. Ma propre voiture était fichue, le moteur ne fonctionnait presque plus. Je n’avais aucune intention de tuer.

– Dans le garage, vous vous êtes quand même emparé d’un pied de biche, non ?

– Oui, j’avais peur que mon gourdin en bois ne soit pas suffisant, si j’avais besoin de me défendre.

– Vous avez trouvé Mr. Wendorf allongé sur le sofa en train de regarder la télévision. Pourquoi l’avoir frappé avec autant de violence ?

– Vous savez, toute cette scène est floue dans mon esprit. Je ne me souviens plus très bien. Avec les années, c’est devenu irréel à mes yeux. Je voulais seulement emprunter le véhicule des Wendorf. J’étais aussi complètement défoncé à l’époque. Dès que je me souviendrai en détail de cette scène, j’en parlerai dans un livre qui va être publié et qui racontera ma version des faits. (Roderick Ferrell a un agent littéraire qui est supposé écrire ce texte, mais qui n’est toujours pas paru en 2012, soit quatre ans après notre rencontre.) Je peux juste vous dire qu’au moment fatal, j’ai vécu un instant de clarté absolue, je savais que j’étais à un tournant crucial de mon existence et que tout allait basculer. Un sentiment très étrange, comme si je me voyais à distance en train d'effectuer ces gestes. C'était comme un kaléidoscope, j'avais perdu tout contrôle.

– Mais Scott Anderson était présent. Il a dû vous dire lorsque vous vous êtes enfuis que vous aviez tué deux personnes ?

– En effet, Scott m'a informé que deux personnes étaient mortes sous mes coups.

– Est-ce que Heather a su que ses parents étaient décédés ?

– Moins d'une heure après, elle savait que ses parents avaient été assassinés par mes soins, mais elle a choisi de rester avec nous.

– A-t-elle pleuré la mort de ses parents ?

– Non, pas du tout. Elle n'a jamais pleuré, ni ne s'est effondrée. Elle m'a juste adressé un regard furieux. Mais, le lendemain matin, elle n'y pensait même plus. Lors de notre fuite vers La Nouvelle-Orléans, je ne me rendais pas compte des dangers qui nous guettaient. Je faisais juste tout mon possible pour protéger tous les autres. J'ai pensé à échanger les plaques d'immatriculation de la voiture.

– Vous dites ne pas vous souvenir des meurtres, mais lors des interrogatoires avec les policiers de Baton Rouge, vous semblez être dénué du moindre remords et vous racontez tous les détails.

– À Baton Rouge, j'ai choisi d'endosser la totale responsabilité de ces actes criminels afin de protéger mes adeptes. Et plus spécialement Charity

Keesee. Je voulais montrer ma froideur et devenir ce monstre que tout le monde attendait. Et ça a très bien fonctionné. Ce que j'ai dit était très choquant, je l'admets bien volontiers.

– Vous avez "marqué" Mr. Wendorf après l'avoir tué : comment ?

– Avec une cigarette, j'ai inscrit le V de mon nom de vampire, Vesago, dans la chair de Mr. Wendorf. J'ai allumé une cigarette pour marquer le cadavre. Je fonctionnais à la haine, vous savez. Et j'étais drogué. Tout ce qui s'est passé en 1996 a été une tragédie.

– Votre groupe suivait tous vos ordres ?

– À l'époque, j'aurais pu leur ordonner de faire n'importe quoi. Ils m'auraient tous suivi les yeux fermés, sans se poser des questions. J'ai beaucoup utilisé la psychologie. Je me suis plongé dans la lecture de nombreux livres à la bibliothèque d'Eustis pour me servir de techniques de lavage de cerveau. Je les ai obligés à suivre des régimes très faibles en protéines, à des privations sensorielles et à des mantras. Je m'immisçais en permanence dans leurs esprits pour qu'ils en viennent à me considérer comme un dieu.

– Qu'avez-vous ressenti lorsque vous avez été condamné à la peine de mort ?

– Franchement, cela m'était complètement égal. C'était mon état d'esprit à cette époque. J'avais tout fait pour sauver Charity et les autres. Éventuellement, tout le monde doit mourir. La mort ne m'a jamais fait peur. Je suis resté deux ans et demi à trois ans dans le couloir de la mort de l'État de Floride.

– Vous avez été le plus jeune condamné à mort de l'État de Floride ?

– C'est exact. Cela a été un moment très sombre, une expérience qui m'a beaucoup donné à réfléchir sur les conséquences de mes actes et ceux de mes codétenus. En 2000, cette peine de mort a été commuée en réclusion criminelle à perpétuité à cause de mon âge – 16 ans – au moment des crimes.

– Depuis votre condamnation, êtes-vous toujours "Vesago", un vampire ?

– Je suis comme je suis, un point c'est tout.

– Avez-vous été menacé par d'autres détenus ?

– Pas vraiment, car beaucoup de criminels ont eu peur de moi, à cause des éléments occultes rattachés à mes crimes.

– Vous recevez beaucoup de courrier ?

– Je reçois un certain nombre de lettres de fans qui sont en quête de vérité. Beaucoup me tendent la main, d'autres sont suicidaires, et je cherche à les aider de mon mieux. »

Je suis soulagé lorsque l'entretien s'achève. Même s'il ne me manifeste aucune animosité et qu'il répond à toutes mes questions – ou presque –, Roderick Ferrell me laisse un étrange sentiment. Celui de quelqu'un d'immature d'un point de vue émotionnel, mais aussi capable d'une grande violence. Je comprends mieux comment il a pu manipuler tout son groupe d'adeptes. On sent une grande force intérieure et il dégage beaucoup de magnétisme. Je suis certain qu'il n'éprouve aucun remords vis-à-vis de ses actes. D'habitude, je demande toujours aux gardiens et responsables de l'administration pénitentiaire d'obtenir quelques minutes supplémentaires, mais, ce jour-là, je suis ravi que cela se termine à l'heure prévue.

Brian Rosenfeld en 2009.

« Je suis quelqu'un de diabolique »

Partir en Floride au mois de décembre peut s'apparenter à des vacances pour la majorité des personnes, mais ce n'est pas le cas pour l'équipe de tournage – qui se compose du caméraman Pascal Carron et de la réalisatrice Pascale Labout – et moi-même. Seize heures de voyage le premier jour jusqu'à Miami avec un changement d'avion pour Jacksonville, puis un trajet en voiture jusqu'à Lake City. Le lendemain matin, réveil à 5 heures : je me prépare à l'entretien avec le tueur en série Brian Kevin Rosenfeld. La journée se terminera à minuit à Saint Petersburg.

Comme notre emploi du temps n'autorise qu'une seule visite en prison, la pression est énorme. Le criminel va-t-il accepter de se présenter au rendez-vous et, si oui, va-t-il parler ? Ou nous mener en bateau, comme cela m'est arrivé en janvier 2009 avec Joseph Baldi à la prison de Sing Sing, près de New York ? Je me sens responsable vis-à-vis de la production car c'est moi qui ai sélectionné Rosenfeld, et il n'y aura pas de seconde chance, cette fois-ci. Entre la fatigue du voyage, le décalage horaire et ce stress, j'ai très mal dormi.

Nous nous présentons à 8 heures du matin à la prison de Columbia Unit où nous devons nous soumettre à la fouille du matériel et au passage sous un portillon électronique. L'appareil photo n'est pas autorisé. Pour la première fois dans mes trente années d'interviews avec des serial killers, un gardien fixe un boîtier de sécurité à notre ceinture : en cas de problème, il suffit d'appuyer sur un bouton pour être secourus. Nous avons rendez-vous dans la salle où les détenus reçoivent des visites de proches. Un mur est percé de baies vitrées renforcées, une estrade surélevée permet à un gardien de surveiller les prisonniers. Pour toute décoration, un tissu d'un bleu criard avec des dessins de dauphins est pendu à un mur. Pas de quoi égayer l'atmosphère. Des miroirs arrondis sont accrochés au plafond pour que le surveillant puisse observer tous les angles morts de la pièce. La tension monte pendant l'installation du matériel et des micros. C'est la première fois que Brian Kevin Rosenfeld accepte un entretien depuis son arrestation en 1990. Il n'a jamais donné d'explication pour ses crimes et il a toujours déclaré avoir commis des « Mercy Killings » (euthanasie). Son cas est peu connu car, à la même époque, à 50 kilomètres de distance, Danny Rolling, « L'Éventreur de Gainesville », éventre, viole et décapite de jeunes étudiantes alors que Rosenfeld choisit des personnes âgées, peut-être considérées par les journalistes comme moins « médiatiques ». Premier soulagement, Rosenfeld, 52 ans, se présente à l'entretien, mais il paraît mal à l'aise lorsque la caméra se pointe sur lui. Il m'explique qu'il souhaiterait se montrer sous un meilleur jour : il n'est pas rasé. L'autorisation lui est donnée et il nous quitte pour une pièce attenante où un gardien se charge de le raser, mais il revient quelques minutes plus tard avec plusieurs coupures sanguinolentes sur le visage. Il se déplace avec difficulté car ses pieds sont entravés ainsi que ses mains par une chaîne fixée à la taille. C'est une première pour moi, depuis 1979, d'interroger un serial killer ainsi harnaché. Je ne m'attendais pas à trouver quelqu'un d'aussi petit et fluet car les photos de presse de l'époque montraient une personne à la mâchoire carrée et proéminente qui me laissait penser qu'il était imposant de carrure.

Une personnalité troublante

Pendant neuf mois, durant l'année 1990, les enquêteurs du bureau du shérif du comté de Pinellas et de la ville de Saint Petersburg ont tenté de prouver que Brian K. Rosenfeld, âgé de 33 ans à l'époque, était un tueur sadique, un infirmier de la mort qui a écumé les maisons de retraite de Floride pendant plus de dix ans. Ils ont déterré des corps dans cinq États différents et examiné des centaines de dossiers de patients âgés. Deux cent une personnes sont décédées pendant les heures de service de Rosenfeld, mais 80 % d'entre elles ont été incinérées dans les trois jours qui ont suivi leur mort, comme c'est la coutume en Floride. Pendant son incarcération, Rosenfeld confie à un codétenu qu'il a tué au moins vingt-trois personnes dont il liste les noms. La conversation terminée, l'informateur se dépêche de noter six noms dont il se rappelle pour les transmettre aux autorités. Ces six personnes sont toutes mortes pendant les heures de service de Rosenfeld. Lors de son procès, l'infirmier est accusé de trois meurtres et finalement condamné à trois fois vingt-cinq années d'incarcération après avoir plaidé coupable d'actes d'euthanasie. En raison du coût démesuré des exhumations et des examens toxicologiques, les enquêteurs ont renoncé à le poursuivre pour d'autres crimes. Il n'a jamais avoué le moindre de ses assassinats et prétend avoir agi par compassion pour deux, voire trois de ses victimes. Le sergent détective Charles P. Vaughn, chargé des investigations, estime qu'il est responsable de plusieurs dizaines de meurtres, si l'on se base sur le rythme des trois derniers actes criminels commis en l'espace de quelques semaines à peine, car Rosenfeld a travaillé plus de dix ans dans quatorze établissements médicalisés.

Le malheur et la pauvreté ont été les compagnons de route de Brian Rosenfeld durant son enfance. Sa mère, Marie Agnes Rosenfeld, a tout juste dépassé la trentaine lorsqu'une rare maladie rénale lui enlève toute force. Les médecins suggèrent un climat plus propice et son mari, Lewis, quitte son emploi dans un établissement pour déficients mentaux à Staten Island (New York) afin de s'établir en Floride. Ils s'installent dans la région de Miami où Lewis Rosenfeld tente de gagner sa vie en jouant aux courses. Mais il perd le peu d'argent qu'il possède pour déménager sur la côte ouest de l'État où la vie serait moins chère. En 1969, la famille prend racine dans un trois-pièces à Shore Acres. Lewis trouve un emploi de vendeur de glaces ambulant. Les temps sont durs malgré l'aide sociale. En 1973, les Rosenfeld élèvent neuf enfants. Le 20 décembre de la même année, Rosenfeld emmène son épouse au Bayfront Medical Center car elle souffre de violents maux de tête. Onze jours plus tard, Marie Rosenfeld décède dans sa trente-septième année. Le coup est terrible pour Brian, 16 ans, qui adore sa mère. La plus jeune de la famille est âgée de trois mois. C'est à Brian et à sa sœur Debbie qu'incombe la charge d'élever les autres enfants. Les voisins se souviennent de Brian marchant dans la rue avec un petit sous chaque bras. Les Rosenfeld sont si pauvres qu'ils vont souvent pieds nus pour économiser les chaussures, et ils portent des vêtements déchirés. À cette époque, Brian n'a qu'un ami, un adolescent au visage sévèrement brûlé qui est l'objet de moqueries à l'école. En 1975, nouveau déménagement à Pinellas Park. Trois des frères de Brian Rosenfeld rencontrent des problèmes avec la loi pour des vols, des cambriolages et de la vente de cannabis. Au lycée, Brian ne laisse aucun souvenir à ses camarades de classe et à ses professeurs ; il ne participe à aucune activité scolaire. Il sait déjà qu'il est homosexuel. Il se lie d'amitié avec Lee Wade, une veuve de 54 ans : « Brian était très gentil avec moi mais il n'y avait aucune chaleur en lui. Je parle de cette chaleur qui se lit dans le regard. Il y avait chez lui quelque chose de terriblement inhumain. »

Après ses études, Brian s'installe à New York pendant un an où il donne libre cours à ses penchants homosexuels et prend goût à la drogue. À 21 ans, il revient dans le comté de Pinellas où il travaille comme aide-soignant dans des maisons de retraite.

L'engrenage fatal

« J'adore m'occuper des personnes âgées. Un grand nombre de malades n'ont plus aucun membre de leur famille qui vienne leur rendre visite, pour leur parler et les écouter. Moi, je suis à côté d'eux, je leur parle et je les écoute. » Ses collègues de travail ont une autre vision de Brian. À Rosedale Manor, une maison de retraite de Saint Petersburg, Wesley Cherry évoque des actes de maltraitance et de sadisme : « Il faisait tourner sur eux-mêmes les malades à toute vitesse, puis il les relâchait. Du coup, ils titubaient comme s'ils étaient ivres et tombaient par terre. Cela faisait beaucoup rire Brian. Lorsqu'il était en colère après eux, il leur tordait les doigts en arrière ou interrompait leur traitement. Une fois, je l'ai vu enfoncer avec violence une banane dans la gorge d'un vieux monsieur. Et, pour embêter des collègues qu'il n'aimait pas, il faisait boire des laxatifs aux patients, si bien qu'ils déféquaient à profusion. On était obligés de tout nettoyer derrière lui. » Wesley Cherry et un autre infirmier se plaignent auprès de leur supérieur et Rosenfeld est renvoyé. En dix ans, il est mis à la porte de quatorze établissements. Mais ces maisons de retraite et de soins sont à court de personnel et Brian est parfois réengagé dès le lendemain par le même employeur ! En 1981, il est mis en examen pour avoir exercé la profession d'infirmier grâce à un faux diplôme. Il falsifie ses certificats et fabrique de fausses lettres de recommandation.

Brian tombe amoureux d'une infirmière, Ernestine Wildfeuer, qui a dix ans de plus que lui. Leur relation n'est pas sexuelle, mais Brian s'occupe très bien de ses deux enfants et lui promet le mariage. D'après Wildfeuer, « il est souvent déprimé, avec un pic à Noël pour l'anniversaire du décès de sa mère. Il en veut beaucoup à l'Église catholique de ne pas s'être occupée de la famille après cette mort. Brian prenait beaucoup de médicaments qu'il volait dans les infirmeries. Un jour, il m'a versé quelque chose au goût bizarre dans une boisson. Quand je lui ai demandé ce que c'était, il m'a dit que c'était du Mellaril, un tranquillisant. » En 1982, Rosenfeld trouve un compagnon, Morris Beauchamp, de quinze ans son aîné. Ils vivent ensemble à Saint Petersburg avant que Beauchamp décède d'une maladie du foie quelques années plus tard. Pour le détective Charles Vaughn, Rosenfeld aurait empoisonné son amant qui était en phase terminale. Après la mort de Beauchamp, Brian s'intéresse à la religion catholique : il pense devenir moine et rencontre même un frère de l'ordre des franciscains. En même temps, il vole des bibles et des objets religieux dans différentes églises de Pinellas Park. Il peint des symboles sataniques et « Die, You Pig » (Meurs, gros porc) sur la façade de son immeuble pour forcer le propriétaire à repeindre les murs d'une autre couleur.

Pour le nouvel an 1989, Rosenfeld reçoit la visite de Ken Klein, un ami new-yorkais, qui tombe malade pendant son séjour. Durant son hospitalisation, Brian convainc Klein qu'il a souffert d'une crise cardiaque et qu'il est séropositif. « Ken a plein de fric et il va m'en donner beaucoup pour que je m'occupe de lui », explique-t-il à un collègue. Pendant cinq mois, les deux hommes s'installent au domicile de Klein, à Long Island. Un jour, Klein consulte son médecin personnel qui lui déclare qu'il n'a pas eu de crise cardiaque et qu'il n'a pas le sida. Rosenfeld retourne à Saint Petersburg comme infirmier au Colonial Care de Kenneth City. En septembre 1989, une aide-infirmière avertit les autorités que Brian a tué un malade de 93 ans. La police interroge la jeune femme qui affirme avoir vu Rosenfeld injecter une substance bizarre dans la perfusion du grabataire. Peu de temps après, il est retourné au chevet du malade, lui a ouvert les paupières et a dit en riant : « Eh bien voilà des yeux parfaits et bien vitreux. » Le soir même, le vieillard est décédé. La police conclut son enquête en indiquant que l'aide-infirmière déteste Rosenfeld et qu'il n'y a pas lieu de donner suite. Entre-temps, le malade a été incinéré.

En 1990, Rosenfeld est engagé à la maison de retraite de Tierra Pines à Largo d'où il est renvoyé pour avoir volé un grand nombre de médicaments antidouleur. Il est inculpé et avoue les faits, mais il a déjà trouvé un nouvel emploi au Rosedale Manor. Le 29 juillet, deux aides-soignants appellent Brian à l'aide pour soigner Muriel Watts, 80 ans, qui a de la fièvre. Rosenfeld lui donne du Tylenol par perfusion, mais ils l'aperçoivent aussi administrer une seringue remplie d'une étrange substance marron. Le liquide éclabousse la chemise de nuit de Muriel Watts et ressort même par sa bouche. Rosenfeld leur indique qu'elle souffre d'une hémorragie et que la substance qu'elle vomit est du sang. Quelques minutes plus tard, Mme Watts meurt. Plus étrange encore, Brian Rosenfeld lave le corps de Muriel Watts avec de la Listerine, une solution de bain de bouche. Les deux aides-soignants préviennent l'infirmière en chef qui, après un examen de la perfusion, avertit la police. L'autopsie de Muriel Watts révèle qu'elle a ingéré du Mellaril, un tranquillisant, en dose suffisante pour tuer un éléphant. Le 23 août, Rosenfeld est arrêté dans son appartement de Gandy Avenue. Lorsqu'il referme la porte, Brian émet le souhait de donner la clef à quelqu'un. Et quand les policiers lui demandent la raison, il répond : « Au cas où je serais arrêté. »

L'entretien

Avant même le début de l'entretien formel, nous sommes encore debout et je lui serre la main, ce qui est difficile pour Rosenfeld car il a le poignet attaché par une chaîne à la taille. Du coin de l'œil, je constate que Pascal Carron est déjà en train de nous filmer et je sens que ces premiers échanges vont être déterminants. D'emblée, je lui demande pourquoi il a accepté de me rencontrer, lui qui a toujours refusé toutes les demandes d'interviews. Il me dit qu'une phrase de ma lettre et son ton général l'ont touché. Notre dialogue est intense, Brian Rosenfeld y met beaucoup de conviction, j'ai la nette impression qu'il a une forte envie de se confier. Au bout d'une ou deux minutes, je sais que nous ne nous sommes pas déplacés pour rien. Les yeux de Rosenfeld sont humides, il est au bord des larmes. Nous nous éloignons pour nous asseoir côte à côte sur des sièges fixés à une table en métal proche des baies vitrées et loin du ronron d'un distributeur de sodas qui peut gêner la qualité sonore de l'entretien. Avant que je ne lui pose une question, Rosenfeld délivre un flot de paroles. Il me répète plusieurs fois : « Je suis quelqu'un de mauvais » (« I'm an evil person »). Du coup, j'oublie complètement la chronologie des questions que je voulais lui poser pour l'amener petit à petit à parler de ses crimes. Il faut profiter de son état d'esprit. J'aborde la nature même de ses actes criminels. « Cela n'a jamais été de l'euthanasie, mais des meurtres prémédités. Le matin de la mort de Muriel Watts, je savais que j'allais tuer quelqu'un ce jour-là, et ce sentiment ne m'a jamais quitté jusqu'à ce que je passe à l'acte. Ce que j'ai ressenti ? Du soulagement. Après chacun de mes crimes, je ressens le besoin d'oublier ce que j'ai fait en m'occupant à plein temps pendant le reste de mon service. Après le soulagement vient la honte. Le matin, je me suis rendu à l'église, mais je ne me suis jamais confessé à un prêtre. » Par contre,

Rosenfeld refuse d'admettre qu'il a assassiné plus de trois personnes malgré ses confidences auprès de son codétenu où il aurait avoué vingt-trois meurtres. Il affirme que l'informateur lui a demandé de dresser une liste des malades auxquels il tient plus particulièrement, et Rosenfeld lui aurait cité ces cinq ou six noms couchés sur le papier. Son explication semble tirée par les cheveux car tous ces patients sont décédés pendant son service. Le ton de sa voix paraît convaincant mais, à chaque fois qu'il y a un doute dans ses déclarations, je remarque que Rosenfeld ne me regarde plus droit dans les yeux, et que son regard se fixe sur l'objectif de la caméra. On peut penser qu'il ne veut pas admettre le nombre réel de ses victimes car la date de la première commission de libération conditionnelle approche, elle est fixée pour mars 2014. Lui-même estime qu'il n'a aucune chance d'être libéré et il ne le souhaite d'ailleurs pas. Pour autant Rosenfeld ne désire pas passer le restant de ses jours derrière les barreaux : il voudrait s'occuper et soigner des SDF dans une communauté religieuse de Floride, à Acadia. Il me répète qu'il est « une mauvaise personne » et qu'il a très peu d'amis en prison. À ses yeux, tous les détenus de Columbia Unit méritent d'être emprisonnés et ce n'est pas un hasard s'ils ont été condamnés : il n'a pas rencontré un seul « bon » individu. Il ne reçoit que trois ou quatre visites de membres de sa famille par an, en raison de la nature des crimes qu'il a commis et de son homosexualité. Quand je l'interroge sur les mobiles qui l'ont poussé à l'acte, Brian Rosenfeld énonce :

« L'orgueil, le manque d'estime de soi, la colère, le désir de toute-puissance et l'addiction aux drogues. » Il me raconte qu'il se droguait toutes les quatre ou cinq heures avec les doses qu'il récupèrait ou volait dans les infirmeries. Rosenfeld exprime un profond remords pour ses actes, notamment pour l'assassinat de Mr. Silva. Ce dernier devait recevoir la visite de son fils qu'il n'avait pas vu depuis vingt ans, le jour même où Rosenfeld l'a tué. Notre entretien se déroule pendant une heure et demie. Je ne vois pas le temps passer, les échanges sont passionnés et passionnants, et j'en viens à complètement oublier la présence de la caméra. Quand le gardien nous fait signe d'arrêter, je suis abasourdi et épuisé. Avec la réalisatrice Pascale Labout, nous partageons les mêmes regrets car nous savons qu'au mieux trois ou quatre minutes de cet entretien trouveront leur place dans le montage définitif de ce documentaire.

Je rencontre le sergent détective Charles Vaughn au bureau du shérif du comté de Pinellas. Il n'a jamais pu oublier l'affaire Rosenfeld, ses longs mois d'enquête à travailler sans scène de crime et à décortiquer les heures de présence de l'infirmier. Outre le décès des patients, ce qui lui a mis la puce à l'oreille ? Lorsqu'un malade décède, l'écriture de Rosenfeld change du tout au tout. « On a cette écriture aux lettres flamboyantes, énormes, presque indéchiffrables puis, d'autres jours, des lignes minuscules, ramassées, précises, faciles à lire. En faisant coïncider les décès et l'écriture de Rosenfeld, je suis arrivé à déterminer quels patients il avait tués. » Quand Vaughn interroge Rosenfeld sur son enfance et son adolescence, il se rend compte que le suspect déborde d'émotion à l'évocation de la mort de sa mère et de son compagnon, Morris Beauchamp. Il décide d'employer la manière douce pour le questionner : « Je ne l'ai jamais considéré comme un adversaire. » D'ailleurs Rosenfeld m'a chargé d'un message pour le policier afin de lui montrer toute son estime pour sa gentillesse et son professionnalisme. Vaughn est stupéfait des aveux du tueur en série et ravi que je lui donne enfin le mobile de ces meurtres. Pendant dix-neuf ans, il s'est toujours demandé ce qui a motivé Brian Rosenfeld. « Maintenant, je peux finalement clore ce dossier dans ma tête. Merci beaucoup », me déclare-t-il en me serrant vigoureusement la main. Nous rencontrons aussi un journaliste du *Saint Petersburg Times* qui nous raconte l'affaire et nous emmène à la maison de retraite de Rosendale Manor qui a fermée ses portes il y a six mois à la suite d'infractions sanitaires. Je trouve plutôt ironique que l'établissement vienne d'être clos en 2009 pour des violations mineures alors qu'il a pu continuer à fonctionner en 1990 après plusieurs assassinats !

« Oak Trail », le chemin qui mène à « l'arbre du Diable ».

« L'arbre du Diable »

Je me suis senti un peu frustré par mon voyage précédent en Floride sur les traces de Gerard Schaefer. Un an et demi plus tard, en décembre 2009, j'éprouve le besoin de visiter de nouveaux lieux et de rencontrer d'autres personnes associées au cas Schaefer, d'autant plus que je prépare un livre sur ce tueur en série pour les éditions Grasset.

Je profite du tournage avec la réalisatrice Pascale Labout pour M6 et de notre rencontre avec Brian K. Rosenfeld pour me rendre à Port Saint Lucie. Quatre heures de route depuis Saint Petersburg pour rencontrer Yvonne Mason, une ex-chasseuse de primes qui a écrit un livre, *Silent Scream*, sur Gerard Schaefer. Je tiens absolument à me rendre au « Oak Hammond Park pour y trouver l'arbre du Diable ("The Devil Tree") où Gerard Schaefer aurait torturé, violé et tué par pendaison deux jeunes femmes, le 8 janvier 1973, des années avant que le parc soit édifié et balisé. Quatre ans plus tard, deux pêcheurs découvrent les restes décapités des deux victimes, une tête étant repêchée dans le proche canal C-24. Depuis cette époque, le lieu est supposé hanté et une légende s'est attachée à cet arbre.

Dans les années 1990, plusieurs témoins affirment avoir assisté à des cérémonies sataniques devant cet arbre, tandis que d'autres personnes font état de phénomènes paranormaux tels que des bruits inquiétants et des cris. Les toilettes à l'entrée du parc seraient aussi hantées par des pleurs de femmes et des portes qui claquent sans raison. À un moment donné en 1993, une croix inversée est gravée sur le tronc de cet arbre. En février de la même année, les autorités locales décident de couper l'arbre, mais aucune des tronçonneuses ne fonctionne aux alentours de cet arbre et les dents des scies manuelles se brisent sur son écorce. Début mars 1993, plusieurs pasteurs se rassemblent pour pratiquer une cérémonie d'exorcisme ainsi que le relate un article du *Palm Beach Post* du 6 mars 1993.

Nous arrivons vers 17 heures sur le parking du parc où nous attend Yvonne Mason. Après la route, nous avons besoin d'utiliser les toilettes ; nous ne remarquons pas le moindre bruit anormal… La nuit tombe rapidement. Nous longeons le canal bordé d'un côté de palmiers et de l'autre d'une végétation extrêmement dense. Une nuée de corbeaux croasse. Le silence est impressionnant. Il fait de plus en plus sombre quand nous trouvons un chemin, « The Oak Trail », qui serpente au milieu des bois.

À l'époque de Schaefer, trente-six ans plus tôt, il n'y a aucun chemin et ce n'est pas encore un parc. Au bout de dix minutes à peine de marche, un virage débouche sur une petite clairière. Au fond, je distingue un énorme chêne aux branches tortueuses. Je « sais » que c'est « The Devil Tree ». Mon cœur s'arrête, j'ai la chair de poule, le silence est total. On entend çà et là quelques craquements, le bruit habituel d'une forêt une fois la nuit tombée, des cris d'animaux.

Yvonne Mason nous explique que ce n'est pas l'arbre où Schaefer a torturé ses victimes, celui-ci se trouve à vingt mètres sur la droite. En effet, cet arbre-là ressemble beaucoup plus aux arbres habituels du tueur que j'ai pu croiser à Fort Pierce, à Jensen Beach et à Hutchinson Island : une imposante branche horizontale qui permet d'attacher la corde et le nœud coulant autour du cou, des racines protubérantes qui surgissent du sol où les pieds des victimes cherchent à rester en équilibre pour ne pas s'étrangler.

Est-ce le lieu ou le souvenir des meurtres de Schaefer qui viennent me hanter à ce moment-là, mais je suis saisi d'émotion. Yvonne Mason pleure en citant les noms des jeunes femmes victimes du serial killer. Nous sommes contents de quitter les lieux quelques minutes plus tard. À son domicile, nous rencontrons son mari, Jack Sewell, qui a enquêté sur plusieurs des meurtres de Gerard Schaefer. Le lendemain matin, nous nous rendons à Stuart pour interroger le shérif Robert Crowder qui a arrêté Schaefer et qui nous montre des documents. Il est temps pour nous de rouler jusqu'à

Miami pour rentrer en France, en attendant de nouveaux voyages afin de partir à la rencontre d'autres tueurs en série, une expérience dont on ne sort jamais indemne.

Remerciements

Isabelle Longuet, Olivier Launay, Patrick Spica, Franck Vrignon, Barbara Necek, Pascale Labout, Pascal Carron, Arnaud Levert, Jean-Charles Lassus.

DU MÊME AUTEUR

Série B
(avec Pascal Mérigeau)
Edilig, 1983

Roger Corman
Edilig, 1983

Terence Fisher
Edilig, 1984

Richard Fleischer
Edilig, 1986

Fredric Brown. Le rêveur lunatique
Encrage, 1988

Jack l'Éventreur
Fleuve noir, 1992

Le Cannibale de Milwaukee
Fleuve noir, 1993
et Méréal, 1999

L'Étrangleur de Boston
Fleuve noir, 1993
et Méréal, 1999

Femmes tueuses
Fleuve noir, 1994

Almanach du crime et des faits divers
Méréal, 1997

Le Livre rouge de Jack l'Éventreur
Grasset, 1998

Le Vampire de Düsseldorf
Méréal, 1998

L'Ogre de Santa Cruz
Méréal, 1998

Le Monstre de Rochester
Méréal, 1999

La Main de la mort
Henry Lee Lucas & Ottis Toole
Méréal, 1999

100 ans de serial killers
Méréal, 2000

12 Serial Killers
Manitoba/Les Belles Lettres, 2001

Le Nouvel Almanach du crime et des faits divers
Edite, 2001

13 Nouveaux Serial Killers
Manitoba/Les Belles Lettres, 2001

Les serial killers sont parmi nous
Albin Michel, 2003

Crimes cannibales
(avec Isabelle Longuet, sous le pseudonyme d'Étienne Jallieu)
Éditions Scènes de crimes, 2004

Le Livre noir des serial killers
Grasset, 2004
et « Points », n° P2296

Serial Killers
Les nouveaux monstres
(sous le pseudonyme d'Étienne Jallieu)
Éditions Scènes de crimes, 2005

L'Année du crime
(avec Isabelle Longuet, sous le pseudonyme d'Étienne Jallieu)
Éditions Scènes de crimes, 2006

Almanach du crime & des faits divers
Sang pour sang nouveau
É-dite, 2006

Le Dahlia noir
Autopsie d'un crime de 1947 à James Ellroy
(avec Jean-Pierre Deloux et François Guérif)
É-dite, 2006

Infanticides
(avec Isabelle Longuet, sous le pseudonyme d'Étienne Jallieu)
Éditions Scènes de crimes, 2007

Profileuse
Une femme sur la trace des serial killers
Grasset, 2007
et « Points », n° P2528

Les Clés de l'affaire Fourniret
Comprendre et lutter contre le crime en série
(avec l'association Victimes en série)
Pascal Galodé éditeurs, 2008

La Totale
Crimes et faits divers
Edite, 2010

Tueurs
Grasset, 2010
et « Points », n° P2810

Serial killers
Enquête mondiale sur les tueurs en série
(avec la collaboration d'Isabelle Longuet et Joël Vaillant)
Grasset, 2011

Sur la route du crime
Edite, 2012

999 ans de serial killers
Éditions Ring, 2013

Site de l'auteur :
www.au-troisieme-oeil.com

RÉALISATION : NORD COMPO À VILLENEUVE-D'ASCQ
IMPRESSION : CPI BRODARD ET TAUPIN À LA FLÈCHE
DÉPÔT LÉGAL : MARS 2013. N° 110898 (72226)
Imprimé en France

ÉGALEMENT CHEZ POINTS POLICIER

Nécropolis

Herbert Lieberman

New York, la « cité des morts », regorge de crimes atroces et de fous dangereux. Paul Konig, médecin légiste, règne sur une morgue où défilent cadavres, enquêteurs et familles en deuil. Autopsiant, disséquant, analysant chaque indice sur les macabres dépouilles qui lui sont confiées, il observe la terreur qui baigne la ville... Une ville dans laquelle sa fille, Lolly, a mystérieusement disparu depuis quelques mois.
Herbert Lieberman atteint le sommet du roman noir – âmes sensibles s'abstenir.

Grand Prix de littérature policière

« Le style pur, dense, tendu, envoûtant d'un grand écrivain... »

Télérama

ÉGALEMENT CHEZ POINTS POLICIER

13 heures

Deon Meyer

5 h 36 : au Cap, une Américaine gravit Lion's Head, paniquée. 5 h 37 : on appelle Benny Griessel et les inspecteurs sous sa tutelle – une fille a été égorgée. 7 h 02 : Alexa Barnard se réveille, encore saoule, à côté du cadavre de son mari. Passé 12 h 57 : ça tourne mal pour Griessel et ses hommes. Et à 18 h 37, les affaires sont classées. Treize heures ordinaires pour ces inspecteurs des homicides.

« Un régal. »

L'Express

ÉGALEMENT CHEZ POINTS POLICIER

La Femme en vert

Arnaldur Indridason

Dans un jardin sur les hauteurs de Reykjavik, un bébé mâchouille un objet étrange… Un os humain ! Enterré sur cette colline depuis un demi-siècle, le squelette mystérieux livre peu d'indices au commissaire Erlendur. L'enquête remonte jusqu'à la famille qui vivait là pendant la Seconde Guerre mondiale, mettant au jour les traces effacées par la neige, les cris étouffés sous la glace d'une Islande sombre et fantomatique…

Grand Prix des lectrices de ELLE 2007

« Explorateur des angles morts de l'humanité, Arnaldur Indridason toque doucement à la porte de nos consciences. La douleur est cuisante. »

Le Magazine littéraire

ÉGALEMENT CHEZ POINTS POLICIER

Hiver

Mons Kallentoft

« Cette journée n'est pas faite pour les vivants », pense Malin Fors au cœur de l'hiver le plus froid qu'ait connu Östergötland, en Suède. Le cadavre nu et gelé, retrouvé pendu à un arbre, semble donner raison à l'enquêtrice. La victime aurait jadis blessé son père avec une hache… Malin s'interroge : ce meurtre est-il l'assouvissement d'une vieille haine ? Ou un sacrifice pour le solstice d'hiver ?

« La quintessence du polar. »

Gérard Collard, France 5

ÉGALEMENT CHEZ POINTS POLICIER

La Cinquième Femme

Henning Mankell

Des meurtres à donner froid dans le dos se succèdent : un homme est retrouvé empalé dans un fossé, un autre ligoté à un arbre et étranglé, un troisième noyé au fond d'un lac. Et si le crime était la vengeance d'une victime contre ses bourreaux ? Dans ce cas, Wallander doit se hâter pour empêcher un autre meurtre tout aussi barbare.

« La Cinquième Femme *passionne par la subtilité de son intrigue et de ses personnages, bouleverse par son humanité, dérange par la profondeur de son regard. Du très grand art.* »

Télérama

ÉGALEMENT CHEZ POINTS POLICIER

Fakirs

Antonin Varenne

Alan Mustgrave exerçait le métier de fakir. Américain, ancien Marine, homosexuel et héroïnomane, il est mort sur scène, à Paris, dans d'étranges circonstances. Son meilleur ami John cherche des réponses, mais ne fait que soulever davantage de questions. Accident, suicide, assassinat ? Le commissaire Guérin, paria du 36 Quai des Orfèvres relégué au service des Suicides, n'est pas au bout de ses peines.

Prix du Meilleur Polar des lecteurs de Points 2010

« Antonin Varenne, nouveau pape du roman policier. »

Le Point

ÉGALEMENT CHEZ POINTS POLICIER

La Griffe du chien

Don Winslow

Art Keller, le « seigneur de la frontière », est en guerre contre les narcotrafiquants qui gangrènent le Mexique. Adán et Raúl Barrera, les « seigneurs des cieux », règnent sans partage sur les *sicarios*, des tueurs armés recrutés dans les quartiers les plus démunis. Contre une poignée de dollars et un shoot d'héroïne, ils assassinent policiers, députés et archevêques. La guerre est sans pitié.

« Le plus grand roman sur la drogue jamais écrit. Une vision grandiose de l'Enfer et de toutes les folies qui le débordent. »

James Ellroy

ÉGALEMENT CHEZ POINTS POLICIER

De soie et de sang

Qiu Xiaolong

Impossible d'étouffer l'affaire : la deuxième victime a été trouvée ce matin, en plein centre-ville. Même mise en scène que pour la première : robe de soie rouge, pieds nus, jupe relevée, pas de sous-vêtement. Le tueur signe son œuvre avec audace et la presse s'en régale. C'est ce qui inquiète l'inspecteur Chen : pour s'exposer si dangereusement, le coupable doit avoir un plan diabolique…

« Aussi désopilant qu'intelligent, De soie et de sang *dresse un portrait sans concession de la Chine contemporaine. Passionnant. »*

Marianne

ÉGALEMENT CHEZ POINTS POLICIER

Les brumes du passé

Leonardo Padura

Mario Conde, ancien policier reconverti dans la vente de livres rares, trouve un vieil article sur la « Dame de la Nuit », célèbre chanteuse disparue cinquante ans plus tôt. Qui était cette femme au visage étrangement familier ? À l'heure où son pays connaît la famine, l'enquête de Mario fait resurgir l'époque glorieuse où La Havane éclipsait New York et Paris, où Cuba régnait sur le monde de la nuit...

Prix Brigada 21 du meilleur roman noir

« On se croirait dans un roman noir à la James Ellroy... »

Le Point

ÉGALEMENT CHEZ POINTS POLICIER

Passage du Désir
Dominique Sylvain

Lola Jost, ex-commissaire en retraite anticipée, et Ingrid Diesel, masseuse américaine au passé mouvementé, sont voisines. Rien ne les rapproche, si ce n'est un crime sordide commis dans leur quartier. Pour retrouver le coupable, ce tandem haut en couleurs, improbable et truculent, investit les milieux de la prostitution, ceux du cinéma gore, et l'univers retors d'un tueur obsessionnel.

Grand Prix des lectrices de ELLE 2005

« Ce roman exerce sur le lecteur un charme irrésistible. »

Télérama